浅
QIAN
CAO
唐有益 主编
草
四川文艺出版社
U0840629

万妙然

成都市优秀学生干部

熊若琳

四川省青少年作家协会会员
全国中小学生创新作文大赛一等奖

李茂玫

“地球环境”四川国际青少年
书画摄影大赛 金奖

唐溪若

2013汇文模拟联合国大会最佳代表
2013复旦模联最具潜力代表

王清扬

2013复旦模拟联合国大会外交风采奖

罗梦璃

中国日报21世纪英语演讲比赛
高中组川渝赛区总冠军

袁唯寒

四川省青少年围棋比赛第一名
国家二级运动员

王梦卉

2013复旦模拟联合国大会佳代表
四川人民广播电台新闻频率主播
全国中学生英语能力竞赛一等奖

林语琴

乒乓球国家三级运动员

赖宇田

全国中学生英语能力竞赛全国三等奖
全国中学生英语能力竞赛四川一等奖

苗译文

成都市“写经典画经典”比赛二等奖

吴健嘉　曾磊

NOIP全国青少年信息学竞赛二等奖

全国中学生英语能力竞赛一等奖

赖雨琦

曾极麟

杨芊

耿毓聪

尹甘甜

编委合影

5
4
"SMILE"

序

唐有益

生活是一首诗，我们都是诗中的一个意象；

生活是一幅画，我们都是画中的一段线条；

生活是一支歌，我们都是歌中的一个音符。

生活养育了我们，也培养了我们的思想和情感。正是出于对生活的热爱，这群刚刚走进花季的少男少女们，怀着青春的激情，带着写作的冲动，用手中的笔来书写人生，解读社会，表达生命。他们我手写我心，真实地记录了自己的每一份感动。

他们的文笔虽然还很稚嫩，但却掩不住他们美丽与真诚的目光；他们的习作虽然还很青涩，但却闪烁着他们的个性与思想的火花。这些孩子，恰如一畦浅草，紧贴着大地的胸膛，头却仰望着天空。今天，虽然“浅草才能没马蹄”，但愿明天萋萋芳草碧连天。

这是一畦希望的浅草，
看起来还是这般纤弱、矮小。
拼命吮吸大地母亲丰厚的乳汁，
在春风的旋律里定会慢慢长高。

这是一畦希望的浅草，
不喜欢浮躁、喧嚣和炫耀。
默默地编织绿色的事业，
为美丽的春天作出自己的回报。

2014年3月20日

代序

少年强，文学强

邓　贤

中国近代思想家梁启超先生有云：“少年智则中国智，少年强则中国强。”这句话道出一个历史发展的逻辑，那就是，国家和民族的未来寄望于青少年。“智”可以读解为心智，涵盖文化、精神、思想诸多层面，文学也囊括其中。从这个意义上讲，“少年强则文学强”亦作正道。

然而“文学强”绝非一日之功一蹴而就，文学史上卓有成就的作家无一不是蚂蚁垒窝燕子衔泥一般，以毕生心血一点一滴筑就自己的文学梦想。三十几年前来自山东高密的农村孩子莫言刚入文学院念书时并没有人看好他，有人甚至好心地劝他改行，还有同学对这个满身土气笨头笨脑的乡下孩子加以嘲讽。但是莫言并不气馁，他明白自己热爱的是文学，而非其他。

三十几年之后，莫言成为中国首个诺贝尔文学奖得主，当他站在世界领奖台上被聚光灯照耀时，作家说出一句发自内心的肺腑之言，他说：“我是个讲故事的人。”这句看上去如泥土般朴实无华的话其实蕴含深意，它至少包含两层意思：其一是热爱文学。在这里，“讲故事”就是做文学（小说）的代名词，因为热爱而始终不渝，不受其他诱惑而三心二意，所以作家永远是个“讲故事的人”。其二是作家必得遵循文学规律，用自己的全部才华来讲故事。讲什么、怎么讲和讲得怎么样将构成作家对文学（小说）的全部理解，也呈现作家对世界的全部理解。

“我是个讲故事的人”，这就是莫言的文学宣言，也是莫言

的生命观，他用自己的一生去努力践行理想，最终获得世界的尊重和认可。

那些嘲讽莫言的人由此应当明白一个浅显道理：文学才华应当用来写作，而不是用来炫耀。作家的使命是做文学，而非获取其他利益。

中国文学宝库博大精深，文学传统源远流长，“少年强则文学强”，一代代青少年继承传统继往开来，这便是我们古老民族的希望所在。

2014年4月21日

目 录

乡情悠悠

目 录

CONTENTS

亲情绵绵

历史回声

小说初探

哲理思辨

JUST
RUN.

我们相遇在最美的年华，
一起成长，一起奔跑

山水清音

水是生命的源头，山是生命的摇篮。山水养育了人类，也成就了人类。自然山水不但是一位杰出的艺术家，也是一位超凡的哲学家。她在带给人们美的享受的同时，也不忘给人以智慧的启迪。现代人从都市里走出来，投入大自然的怀抱，会卸掉浑身的疲惫，洗涤心灵的忧伤。“此中有真意，欲辩已忘言。”远离城市的喧嚣和浮躁，聆听大自然的风声、雨声、流水声、鸟鸣声……让人真正懂得了朴素和沉静。“何必丝与竹，山水有清音。”

生命接上了地气会更加旺盛。

每次走近自然，都是一次美丽的邂逅，诗意的回归。

钓　客/曾清漪

每次听到一词，曰：“烟波钓客”，心中总有一种难言的触动。

有句古语“买舟载书，作无名钓徒，每当草蓑月冷，铁笛风清，觉张志和、陆天随去人未远”。

“钓客”，以他们淡然的神态、蓑衣箬笠的形象，总会出现在某些历史的片段中。

张志和，自号“烟波钓徒”，作有《渔歌子》五首。记得小时候背着“青箬笠，绿蓑衣，斜风细雨不须归”，只顾岸边桃花随流水，不觉这诗的好，单单喜欢那句“斜风细雨不须归”。烟雨蒙蒙中，一青衣钓客，不顾风雨，也不顾白鹭桃花，只留下那种物我两忘的境界。出没烟波之中，无人问津。

后者还有苏轼。虽不曾有过真正意义上的归隐，但他笔下的渔父却是超然物外。他作有四首《渔父》：饮，醉，醒，笑。不是冷冰冰的钓客，而是带有他本人色彩的渔父：豁达、豪放、随性。饮酒时“酒无多少醉为期，彼此不论钱数”，醉后醒来“酒醒还醉醉还醒，一笑人间今古”。一个嗜酒好饮的老翁，平生无所求，只愿长卧一叶扁舟上，一手持钓竿，一手持酒壶，江心月白否、圆否又有何关系？不会触景伤怀，不会叹物是人非，只因看破一切，醒或醉已不复重要。人生一场大梦，百岁光阴也只是一梦境。

最凄清孤冷的大概便是柳宗元笔下的钓客了。“千山鸟飞绝，万径人踪灭。孤舟蓑笠翁，独钓寒江雪。”除了寂寞，还是寂寞。此处的钓客，人们已经看不清他的面孔了。没有四围春色，没有酒香酣醉，只剩下一片白茫茫的干净大地。记得学《湖心亭看雪》时有句“上下一白，湖上影子惟长堤一痕。湖心亭一点，与余舟一芥，舟中人两三粒而已”。念至此时，总是会想起《江雪》。诗中的钓客便是这天地间唯一的存在了，连那“两三粒”的陪同者也没有了。那么，江雪中的钓客是在钓什么呢？他是在等待春天吗？难道他的内心还有等待的急切与向往的感情？我觉得都不是。钓客从来不钓任何真正意义上的东西，不钓鱼，也不会钓春天。那一白的天地便是他的内心，没有任何喧嚣。他所做的，大概便是回到那本心，回到所谓的空的境界。

钓客，有念及物外的，有豁然旷达的，也有极冰冷的，于茫茫天地之间，无念无想，无牵无挂，无可叹的，也无可笑的。

有人说，“钓客”是历来文人向往的境界。是的，它便只是一种境界了。有人愿学钓客，说是洗去风尘，让心中只有江山风月。可真正的钓客又怎是如此？如同神秀的“时时勤拂拭，勿使惹尘埃”。虽然眼前无尘埃，而心中仍念有尘埃。说愿抛却尘心，而心却仍在尘世之中。

烟波钓客，相忘于江湖。

“菩提本无树，明镜亦非台。本来无一物，何处惹尘埃。”

开头引用的一段《小窗幽记》很容易就把人带入烟波钓客的主题中，之后每一段间的转换也很自然，具有美感。全文形散神不散，文末提到世人欲学钓客洗去内外风尘实则境界已输去大半，让全文中心得到再一次升华：潮生理棹，潮平系缆，潮落浩歌归去。时人错把比严光，我只是，无名渔父。文中钓客钓的不是一种有形的物质——鱼，而钓的是一种境界，一种心情，一种精神——淡泊宁静。现实中这样的钓客不多，多的是假钓客之名而故作清高罢了。

——陈禧评 

梦游江南/胡雅雯

江南好，风景旧曾谙。日出江花红胜火，春来江水绿如蓝。能不忆江南？

船

船头一壶酒，船尾一卷书，钓得紫鳜鱼，旋洗白莲藕。

我倚在乌篷船的船头，观赏着江南的风景。小桥上有来来往往的行人说着话，吃着话梅；货郎肩上挑着商品吆喝着走来走去。三月的阳光，泻下一地柔和的金黄。烟柳画桥，风帘翠幕；市列珠玑，户盈罗绮。江南的城镇是繁华的，只是不同于京城的热闹喧嚣，这里的繁华，是一种安静的，缓缓流淌着的缤纷。

一路春光，一路春水。流水潺潺，碧波澹澹。河岸两旁，绿柳红桃，粉墙黛瓦。街边卖的是轻而薄的纸鸢、蜻蜓、燕子、蝴蝶，各式各样，还有轻软飘逸的蓝印花布，甜腻馨香的胭脂水粉。着绿衣裙的少女纤手摆弄，美目流转，顾盼含情。

我闭上眼，耳畔依稀传来轻轻的弦索弹唱，“去时陌上花如锦，今日楼头柳又青”“听画鼓报四声愈添清冷，看娇儿酣睡恐被风侵”……江南柔婉的词句，随着江南清润的流水荡漾，氤氲出淡淡的芬芳。

茶

沿着幽静的曲折小道，独自攀爬郁郁葱葱的小山。爬到半山腰便有些累了。环顾四周，发现不远处有一个小亭子，里面坐着几个人，看不清在干什么。我轻轻地走过去，原来是几个老翁在品茶。对于我这个不速之客的到来，几位老人表现出了极大的热情，“来来来小姑娘，尝尝我们泡的茶如何？这可是用紫砂壶泡的正宗银针呢！”我正口渴难耐得紧，有人邀请，也就却之不恭了。可笑我这粗鄙之人，只一口便喝了个精光。“怎么样？”面对众老翁期待的目光，我有些歉意地摇摇头，“没喝出什么味道。”“这样啊……”老人们有些失望，“无妨，毕竟你年纪尚轻。等你哪一天长大了，自然就能品出这茶的味道了。要记住，好茶入口虽无味，甚至有苦味，但稍作停留便觉得甘甜醇厚，唇齿留香，心灵通透了。好茶也一定要用好壶，壶不在名贵，关键在泡茶人和壶能不能心灵相通。就比如说这紫砂，刚烧制成的时候火气还旺得很，慢慢地，平心静气地养久了，也就变得温润起来了……”老人讲得津津有味，如数家珍，沉浸在茶的美好世界里。我微笑着，悄悄地离开了小亭子。

回去的路上，我一点也不渴了，心里仿佛流淌着清透纯净而悠长的茶香。我渐渐有些明白了，原来这些老人不单是在品茶，也是在品味人生啊！我不觉脸红起来，深深责备自己先前不谙世事的愚蠢回答，不是无意中扫了他们的雅兴吗。这里的茶不仅纯正了他们的口味，也纯净了他们的心灵。

人

雨丝细密，交织成一幅名叫“江南”的画。我撑着油纸伞，踏过青石板铺就的小径，脚边泛起层层雾气。寂寥玲珑的小巷，木制的门，笼罩在烟雨蒙蒙之中，成了一幅浓淡相宜的写意山水画。

我是来找人的，找江南的人，江南的女子。早就听说江南的女子最是与众不同。有的像牡丹，如洛阳城里的千金，雍容华贵，仪态万方；有的像芍药，仿佛婀娜的舞女一般，慵妆的娇痴媚态，水袖一挥，可以倾城；有的像丁香，结着浓得化不开的惆怅；有的像茉莉，在白墙黛瓦的小院深处，掀起最后一重湘帘才寻得见的深闺里，在夜雨时唱歌的芭蕉下，隐藏着一抹如流水般清新的浅笑。但不变的，都是江南女子的温婉、矜持、羞涩与端庄，透着一种小家碧玉的甜美和纯净。

我轻轻地叩响了一扇门，“吱呀”一声，打破了雨巷的静谧。

这是一个陈设简单的房间，里面摆了很多瓷器，清冷如冰。这些瓷器的绘制很讲究，并没有牡丹、八仙、玉枝之类的常见图案。长颈花瓶上是傲然的竹，光洁的素盘上是清秀的荷，倒颇有几分遗世独立的意味了。

眼前眉目如画的女子正在绘瓷，让我有些担心刚才是否打扰了她。专注的模样，让她显得灵秀动人：黛色的眉微微上扬，凤眼如同静止的泉水，唇似朱砂描绘而出。那靛色的颜料，如她的衣摆一般，一点点在瓷上晕染开来，沉静而流畅。那瓷，却是极白极细腻的，不仅温润，而且泛着微光。我不由得沉思，这大抵就是江南的女子罢？像瓷一样，算不得华贵，但细腻、温雅、娴静、特别。我不愿搅扰了这如烟雨一样静谧的氛围，便起身准备告辞。临走前，这个江南女子告诉我：“这瓷，名叫青花。”

蓦地，我看见江南的佳人在水边素妆莞尔，一笑倾城。

江南，江南，这就是令我魂牵梦萦的“小桥流水”的江南？听不够的吴侬软语，赏不完的如画风景。江南的物，江南的人，江南的事，都将留在水墨画卷上，融进茶水的雾气里，隐没在氤氲着整个小镇的烟雨中。

江南好，风景旧曾谙。日出江花红胜火，春来江水绿如蓝。能不忆江南？

语言非常典雅，像一章隽永的散文诗，给人的味道很舒服。善于抓住特点，分别从船、茶、人三个不同的方面来展示江南的美，这种美自然、朴素而又不同寻常。它能让从未去过江南的人，马上就想背起行囊出发；让去过江南的人，欲寻找机会，旧地重游。去坐水乡的船，去品那里的茶，去邂逅那绘瓷的女子……

——毓聪评 

茶马古道一景/杨依霖

真正踏上拉市海，已是夏末。

来之前已经问好了度娘，拉市海是云南省第一个以“湿地”命名的自然保护区，在古纳西语中意为“新的荒坝”。而我，正是来这“荒坝”骑马的。

总是听人说，要感受骑马，只有去内蒙古。那种“风吹草低见牛羊”的意境，碧绿无垠的草地，才是最好的选择。但可能是这回转悠扬的名字，也可能是冥冥中的缘分，我踏上拉市海，茶马古道的起点。

纳西族的马夫在前方悠悠地牵着马，唱着悠扬的纳西民歌。听胖金哥（纳西语，意为“帅哥”）说，我们现在走的茶马古道，是中国古代马帮运送茶、马等的必经之路。才下过小雨，地面坑坑洼洼的，道路窄得仅供一人通行。

悠扬的马蹄声停止在了半山。胖金哥说这是殉情崖，一般游客会在这儿留影。同行的人纷纷跳下了滇马。“殉情崖，据说是《一米阳光》的拍摄地哦？”“真的吗？来来，摆好姿势笑一个……”我被纷纷的议论声包围得密不透风，不由得向前走，望向下方宁静的拉市海。

广阔的海子上，零星地漂着几叶扁舟。紧接着，便与铺天盖地的绿接壤，绿色的田地被整齐地切割。漆黑的瓦片房零星地散布在田地中，如同播下的种子，又如棋盘中变化多端的棋子。缕缕上升的炊烟，有了一丝家的气息。那么当年的马帮走南闯北，在此地稍稍小憩，抽着云南特有的水烟聊着家常，那仿佛来自家的召唤，会不会使他们的眼角如迷雾般，一时忘记了远方。

抬起头来，又感叹云南天气的多变了。“云南十八怪，东边下雨西边晒”，天与远山构成了江南的一幅水墨画。左边仍是蓝天白云，右边却已变了脸。中间结合的部分，与远处的山脊相得益彰，组成了一个“人”字形的弧度。像是少女的微笑，又像是少妇的愁眉。“父母在，不远游”，我想，这永不消散的愁云，应是无数过路人的眼泪吧。

回头望去，是不见尽头的崇山峻岭。没有遮天蔽日的大树，曲折的羊肠小道显得寒酸，摸摸比我还矮的滇马，作为脚力，它也辛苦了。

在下山的路上，颠簸地坐在马背上，一首关于茶马古道的诗词吸引了我的注意力：

崎岖道仄鸟难飞，得得寻芳上翠微。
一径寒云连石栈，半天清磬隔松扉。
螺盘侧髻峰岚合，羊入回肠屐迹稀。
扫壁题诗抽笔去，马蹄催处送斜晖。

胖金哥吼着“quick”，马便在平坦的地上飞驰。我看着远方的候鸟扇动着翅膀，在远山近海处，传来了纳西民歌，一时让人有几分醉意。

再回首，仍是无声的茶马古道，低沉不语。

文章十分精练，只抓住殉情崖一处景色便表现出了茶马古道的特色。文中的景物描写是亮点，比喻使用得贴切精妙，且加上了作者对过去情景的想象，使整个景物描写的深度和厚重感顿时大增，也凸显了茶马古道的历史，可谓妙哉。结尾的收束也耐人寻味，丰厚了文章的意境。

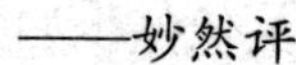

——妙然评

城市的角落无声/吴宛璘

他们，缩在城市的角落；他们，又不曾发出自己的一点声音。不知你可曾注意过这些人，这些你每天都见面，却从未相逢的人……

一

夏日炎炎。

我站在繁华的路口旁等待。离我几米处有一个包裹着劝导员制服还戴着帽子的大娘，真不知这种毒辣阳光和烧烤天气她如何挨得住。然后就快步走来一个穿高跟鞋的所谓典型的办公室美女，眼看她就要穿过马路……

"小姐，请等一下！"大妈终究把她拦住了。高跟鞋站住了，桃花般的面庞上浮现出可怕的表情，把这个胆敢阻拦她的人打量了一眼，似乎是在嘲笑这个人的一张黑脸、五短身材和令人不快的说话方式，以及家世、学历、年龄、一切的一切……

不过她终究是站回来了，愤愤的。大娘可注意不到她的表情，她正在招呼几个刚下补习班的小孩：“小弟弟、小妹妹，等一下再走……”四周安装有空调的写字楼玻璃窗发出的反光明晃晃的刺得人睁不开眼。

二

秋高气爽。

艺术宫旁边那个垃圾车的气味却让人觉得老天坏了鼻子。一个打扮华丽的妇人坐在外面的长椅上，露出嫌恶的神色。一会儿，像花一样的小姑娘扑进她怀里，她拿出纸手帕替小姑娘擦擦汗：“宝贝，累了吧？你可要答应爸爸妈妈，学校里要好好学习，以后才不会像那边的人，做那种又臭又脏的工作。”“嗯！”小姑娘转过头向那边看去，将那个景象认真地牢牢记在心里。然后她的眼睛闪着亮晶晶的光：“不过，妈妈，下次假期我们去哪里玩呢？我想去看大海……”她们有说有笑地走了。

送走了那边的垃圾车，环卫工人又回来了。他什么都没听见。看到那块丢掉的纸手帕，他把它扫了起来。尽管附近有很多垃圾桶，这里还是需要环卫工人。又臭又脏的工作，却是在净化人们的心灵……唉！他们一家人，恐怕永远没有机会去看大海吧？

三

冬夜漫漫。

节日前夕，有亲戚来玩，于是一家人去必胜客饱饱口福。

百货店外面的寒风中，隐隐约约能看到几个黑色的人影。是在给大楼做装饰吗？最近一直都在施工……

店里香软的食物、温馨的装潢、美妙的音乐让人感到宾至如归。我们吃得高高兴兴。隔桌却有个女子在跟她闺密发牢骚："跟你说，我的前任是个极品！从来舍不得为我花钱，总说他经济困难！……"

大家谈了好久，饱饱地走出店门。我回头望了一眼——借着刚刚点亮的路灯的光，几个灰不溜丢的年轻人在他们刚刚做好的红白绿三色装饰下面啃着馒头。肯定冷了吧？而且又干又硬，还有人拿保温杯倒热水。他们和节日气氛一点都不搭调。节日，可惜不是他们的节日。

他们有思念的人吗？商店里面的那些戒指，不知又有多少是为他们而做的呢？明天晚上这个做好的绚丽装饰肯定会吸引更多的顾客。然而那时他们又将继续在什么建筑物的外墙下面，啃又冷又干又硬的馒头？

城市的角落无声。他们是城市的建设者，然而我们却从未给他们合理的眼光、尊重和信任。光鲜亮丽的城市、实现我们愿望的城市、我们引以为傲的城市，什么时候实现他们的愿望呢？他们是平凡的人，有平凡的痛苦和欢喜，然而他们踏实又可敬，他们才是我们值得敬仰的人。

我们永远都在追求公平，社会却永远也不会真正公平。我们常说不能以貌取人，却永远都是外貌协

会的会员。在这些故事里有靠辛勤劳动吃饭的城市建设者，也有热心社会的无偿服务者，他们是这个城市华丽外表下默默付出的人，却得不到起码的信任与尊重。社会已经在进步在改善，只是这改善的过程太漫长，我们需要加快它的进程。城市的角落是一种平凡，也是一种伟大，而对于我们，对于整个社会来说，应该明白只有尊重别人，才能获得别人的尊重。

——天莺评 

神、QQ与乐园/吴宛璘

我有幸去了一趟青海。然后你会想，我要写青海湖了。可是我没去青海湖。我去的只是一个不出名的小湖，而我又不幸记不住它的名字。

但那又有什么关系？无论是这里还是那里，心中所指的地方，哪里都可以成为天堂。人们是造不出天堂的，但我们喜欢在澄净而温暖的思绪中探寻，想要窥见它美丽的侧影。

我们是自驾游，爸爸开车，还带了他的两个同学。像波浪般延伸起伏的天与地之间，汽车在蜿蜒的路上前行。天是空明澄澈的，大块大块厚厚的云和大地极其亲近，令人感到它们似乎会从那边的山坡上像小羊羔一样向你奔来。大地是用细针新织的地毯，绿色、蓝色和金黄的丝线让它显得十分华丽。

这里你会闻到清凉的风，然后看到不远处风中飘动的五颜六色的经幡。还有附近飘散的彩色小纸片，是为行路人祈福用的。或是越过前方的一小片坡岭，看寺庙金色屋顶上闪闪的一小片阳光跃入你的眼帘。还有小群小群白色的羊或坐或卧，待在那一侧的山坡上，金顶上淡淡的蓝色的云，飘出一丝一丝的痕迹，仿佛云上有一种缥缈的诗意。

在湖附近，我们的越野车卡在了一个土沟里。在湖边玩的几个藏族小伙子热情地帮我们推了出来。然后我们向这群穿着牛仔裤和混搭民族风的年轻人要QQ号，可是他们眨了眨眼睛，歪着头说不知道什么叫QQ号。我们拿着他们那种金光闪闪的有宗教气息的山寨手机想给他们演示一下，可这个地方连信号都没有。

无奈地，我们回到湖边和他们一起接着玩。近处有水草，阳光照过的水是温凉的，而远处的水是冰凉的。我开始胡思乱想，这里和我们平时所处的地方不是同一个世界。神啊，为什么在听得到你声音的地方，却收不到QQ信号？为什么在有QQ的世界里，见不到有人这样倾听你的声音？我不禁要问，神啊，你和QQ究竟是什么关系？

这个问题没有意义。转回头去，他们正坐在一块大石头上，用自己的山寨手机放着各种各样有地方特色的流行歌曲。

我不可思议地再次别过脑袋。大概他们所理解的流行时尚，总是比我们晚上一两年，或者三五年吧。那些是天堂的一部分，这些也是天堂的一部分。

远处山峰下的湖水倒映着冷灰色的高山和白白的云。在一层浅蓝色的天空倒影下面，是一汪更神秘、更深邃的蓝，也是湖水原本的蓝。它像高原的眼睛，深不可测，告诉你一些温暖的秘密。

再回头看那群小伙子，还是那副欢乐的样子，找不到比他们更轻松的人了。不知听谁说高原是生命的禁区，而我觉得那只是高原的一部分。这里还是生命的乐园。那不是因为风景的美丽和生态的自然，而是因为这里有一种爱和关切，就像家的温暖。所以，有人帮你祈福，有人帮你把车子拉出来，有人修筑了寺庙，而你因此感到云的上面有灵魂在注视着你。

QQ的作用，同样是传达我们的心意吧。因此，它们是同样的事物。

如果想要天堂，也不用专门跑到高原去寻找：有这样的心意，在我们的身边就足以编织生命的乐园。

人们总是喜欢在思考与批判中前行，既不喜欢落后的古代，又想远离现代科技的喧嚣。总以为鱼和熊掌不可兼得，但实际上它们本没有太大的冲突。古有鸿雁传书，现有QQ聊天，在历史的进程中永远不变的是关爱和心意，而总有一天它们会找到更完美的表达方式。“有这样的心意，在我们的身边就足以编织生命的乐园”，旅游是为了寻找人间的天堂，生命里却自有心灵的天堂。

——天莺评 

蓉城之春/胡嘉鑫

真正经历蓉城的春天，还得数这三四个年头里的日子。

小时候被挤在川滇的交界线上，看惯了大江与大江的碰撞，大山与大山的对峙，夏天便是直截了当的大太阳，冬天便是说一不二的干燥与多风。秋天好歹也有一排枯黄的梧桐为之祭奠，而春天，总是最容易被忽略的那个。

所以初入蓉城时，这番如此招摇明显的春意扑面而来，还真让我有些猝不及防。

你看见老树上抽出的新芽儿，慢慢地慢慢地；你看见草丛里冒出的小花儿，慢慢地慢慢地；你看见中华园怡然忘情的鲤鱼儿，慢慢地慢慢地……我如是一处处地找着，数着，盼着。“春天啊——那可是希望的象征呢！”诏告般的声音里轻轻颤着丝丝激动。

一转眼寒来暑往，竟已是三度迎来这一季花开，一季阳光，一季春意盎然。尽管学校的高墙依然是高墙；成堆的作业依然是作业；寝室的单人床依然还是单人床。从窗户往外眺望，林立一幢幢灰色的楼房……东风把旧叶子揉掉了，你要听新故事吗？

在蓉城，在一条不知名的林荫小路上彳亍着，惊讶于一丛不知名的花，或许是山茶？它以这样的姿态出现在我的面前——浓烈得抹不开的大红，像是有人给那土壤浸过酒一样，一团一团地吊在枝头，日光隔了这灌木照过来，窸窸窣窣的——我听见一串低语从叶子底下溜过。

倏地想起席慕蓉说过，她曾愿变作一棵树，一棵开花的树，真好。

你想你或许能成为一棵树，一棵长在蓉城的树。因而可能会开出大朵大朵的芙蓉花？于是你可以自顾自地欣赏芳华，以年为期，以轮为记。那样你也许会知道，就在一年前，一年前的蓉城，一样的春天，一个小姑娘走过你脚下，她向你许愿，她向你倾诉秘密。她说她一定要争取考上那所她一直向往的高中，她说她在赌，很拼命地赌，赌生命中第二个美丽的意外出现——她说她能与你相见，就很美丽。你是一棵树，一棵开花的树。

再来再来。“蓉城的春天是从灰色里走来的”，第一年来时她这样想到，灰色是陌生，是不确定，是对未来最直接的迷茫感。然而蓉城却盛情款待她，蓉城的春天细腻地生长，给她看樱看兰看山茶花，听风听雨听它们轻轻吹细细下，偶尔放几只鸟贴窗而过，啁啾声伴盏凉透的盖碗茶……她的眼睛于是诧异于这样的早春二月，晓看红湿，花重锦官。真好！

她在蓉城这样成长，初三毕业她们唱朴树的《那些花儿》，那些可爱的人儿，没有各自奔天涯，没有走呀，他们都留在蓉城，都留在春天里。永远那么活泼，那么充满希望。

所以你看到了，你又把年轮画了一圈在身上，这是时光留下的纪念。

纵使大江的波涛汹涌澎湃，纵使大山的歌谣明丽痛快，然而它的春天却是空白，像冬天不小心按了快进键，比起蓉城，是粗布之于绸缎，是淡饭之于佳肴，是白水之于咖啡。

那山茶是蓉城的春，那灰色是蓉城的春，那鸟鸣是蓉城的春。

若有来生，我愿做一棵蓉城的树，阳光下开大朵大朵会变红的芙蓉花。

作者一来便表明了自己从外地而来的身份，在我正想着外来的人儿如何参得透这美丽蓉城之春时，作者却给了我，或者所有生在长在蓉城的人一个不大不小的惊喜。花、树、鱼儿，这些简简单单的景观却也让我们体会到了春天蓬勃的气息，和作者，一个小朋友看见春天的欢愉，如沐春风，甚是温暖。突然想到，如有来生，我愿做一棵边陲小镇上的蒲公英，让我的种子飘过蓉城上空，我也想像你一样发现，这美丽的蓉城，美丽的春。

——思成评 

印象初春/杨若浠

当第一缕温柔的阳光绽放，春便来了。

“城中桃李愁风雨，春在溪头荠菜花”，从古至今，人们对春都寄托了巨大的热爱之情。“桃树、杏树、梨树，你不让我，我不让你，都开满了花赶趟儿红的像火，粉的像霞，白的像雪。”文人朱自清也向我们展现了一幅生机勃勃的春景图。

那么多个春，都被历代文人用笔墨镌刻在纸上，永不变质。

怀着一颗轻松的、寻梦般的、无比期待的心，我踏上寻春的旅程。

被肃杀的冷空气笼罩多日的街道，已经冲破障碍如同新生的婴儿。街道两旁站立着的是柔弱而挺拔、无情却似有情的树木，上面跳跃着嫩绿的绿苞，构成一段段和谐的旋律，恰似那句：“诗家清景在新春，绿柳才黄半未匀。”

偶然抬头，近处，有麻雀在电线杆上多嘴多舌地叽叽喳喳；而远处，有一群群活泼自在的大雁掠过高楼大厦，朝着它们思念已久的北方飞去。稀疏的人群、川流不息的汽车、清新的空气、微笑绽放的碧空一起构成了城市和谐的春景图，恰似那句："林花著雨胭脂湿，水荇牵风翠带长。"

不知不觉，走到天府广场。"恰似春风相欺得，夜来吹折数枝花。"曲曲折折的小径上铺满了陨落的花瓣，那是大自然铺上红毯迎接行人。可是放眼望去，竟没有一个行人如我一样停住脚步欣赏这样的春景。他们的步伐都极快，像是在慌忙地追赶什么——

什么？

也许是某个重要的会议要举行了，也许是与牌友的约定时间要到了，也许是补习班要开始上课了，也许是老板催促着去办事了……

又或许是，他们已经习惯于这样匆忙的脚步，早已忘了驻足欣赏身边的风景。

偌大的广场，只剩我一个人漫步。忽地，看到一位卖风筝的老爷爷，我的注意力立刻被吸引了过去——有仿照小鸟模样——配上五颜六色的羽毛，像极了天空主人的架势的风筝；有依照灰太狼模样——一口大白牙展露无遗的；还有各类卡通人物的造型……看着那上等的布料，我不禁感叹时代的进步——当年我们的风筝还只是用塑料粗制滥造的那种！我惊喜地朝那位爷爷说道："现在的风筝可是越做越好了！"

他缓缓地放下烟斗，深深地吐了口烟圈，无奈地说："可是再没有乐意放风筝的人了。"想了一会儿，他继续说道，"我这风筝怕是再也卖不出去了。现在的人喽，房子越修越高，可很多快乐再也找不回来了。你说这，还像个春天吗？有乐意欣赏春景的人么？唉唉唉……"

我忽然觉得，这真的不像个春天了。

没有乐意欣赏春天的人存在，春天还会来吗？

脑海里倏地闪现过那句“儿童放学归来早，忙趁东风放纸鸢”，我不免觉得有一丝悲哀。

这个社会在慢慢变老，老到再分不出一年四季，唯一剩下的只是“时间”——追时间，赶时间，最后成为时间的奴隶。

当第一缕温柔的阳光绽放，春，便来了。

是真的来了吗？

赞美春光无限好的文章数不胜数，脱颖而出的却寥寥无几。这篇文章前半部分，诗意的语言和入景的诗句渲染出成都春景之美，后半部分，作者的思考确实与其他描绘春天的散文显出不同。只是，若能将蓉城之春的特点写活，后面的思考再深入一些，定会留下初春般的印象。

——梦卉评

墙角一景/刘天莺

小时候，住地楼房的一楼带着一个小院子。于是住在一楼的人们，常常在院子里开垦出一片土地，种草种花也种树。从外面街道经过，常常可看到围栏里攀在架上的花朵和藤蔓。春天永远都是一片欣欣向荣，冬日院中覆满了白雪，在阳光照射下映出水银一样的光芒。

一个温暖的午后，我从学校归来。放学路上的心情总是有一丝释然和安宁，我便难得有了闲情逸致慢慢走在街上，欣赏细碎的阳光。离家不远，我注意到一户人家中墙角开着的一株白花。阳光静静地洒在它的叶子和花上，照亮了这一方斑驳的墙角。墙是铭记着历史的墙，十几年来它一直立在这里，经历了老房子的兴衰。其他地方早已刷上了红亮的油漆，只有这里，阳光难得照到的地方，依然保持着阴暗的斑痕，记录着它所经历过的所有黑暗和阳光。也许曾有雨点从檐下落地，流经这里，几粒水珠悄然滑落；也许曾有闪电划破夜空，劈在灰色的墙上；也许曾有风从远方带来的种子，然后在泥土中萌生，曼妙成几株细长的枝叶，开出一朵不起眼的小花——然后我看到了它。

这一朵小花素净，在风中轻摇，与斑驳的老墙互相映衬，在清静中蕴含着一丝生机，给喧闹的院子带来了一丝温柔。这一方墙角如同一个深不见底的潭，吸引着我的目光和心绪。

暴雨天，我坐在了那个院中，坐在遮风挡雨的秋千棚下，看着那朵小花摇摇欲坠。这是朋友的家。天色在雨水的冲刷下变得灰暗，哗啦啦的落地水声仿佛一曲萧瑟的琴音，前韵未止，后音已起。这样的天色，总易让人想起过往，于是我仿佛又看到了那日在风中摇曳的仙子。那时在淡然的韵律中起舞的小花，现在却已成了悲凉的琴音。风把它紧紧地扣在墙上，纤细的枝条紧绷着，好像再过一刻便会断裂。

我突然感到很难受，却还是深深地陷在秋千中，似乎起不了身。一朵花而已，就算我起来，又能干什么呢？挡在它身前，替它遮风挡雨？——是的，那一刻，一种深深的保护欲似乎从心底升腾，最后却还是落下。我像是被定住一样，默默地看着雨水一遍又一遍地打在它柔弱的花和叶上，看着它的枝条最终无力地垂下。

雨过天晴，墙角依然是它垂着的身影。我走到那里，却不敢去碰一碰它。我害怕哪怕是我的脚步声也会震碎这最后一丝生命的连接。最终我还是轻轻地走了，没有多看一眼。

当我再次路过那个墙角，什么都没了。墙依旧是灰色的墙，然而地上却是连它的尸体都没剩下。阳光似乎也不再垂青这里，映入眼中的只是一堵空空的墙，什么都没了。正如过去那十几年一样。那花，那叶，终归只是过客，匆匆而来，匆匆而去，留下的只是原来的模样，经历无数黑夜和阳光不会改变的模样。

花开花谢，花在雨中逝去。这一切本是规律，为什么我还是不能抹去心中那丝懊悔和遗憾？难道仅仅是因为我眼睁睁地看着它的消亡？

对错不论。我只知道，我会永远怀念那墙角一景。

在这个世界上，哪一天不是叶落千枝，花凋万朵。而在这一地的残花败柳中，却总会有，也许是那么一绿，也许是那么一红，让人心起涟漪，却又无力保护，只落得心生无名愧疚……花开花谢，本就是自然规律，为什么还无法抹去心中的懊悔呢？因为花与人本就是心连着心的，或者说花来自自然，人亦然，同一个来源的生命怎不会惺惺相惜呢？墙角一景，墙角并不重要，那只是物理空间上的位置，可以是墙角也可以是树梢。一景也不重要——就那么小小的一朵花，何谈“景”字？重要的是人与自然相连的丝缕，其实每个人都有，却少有人发现，但作者确确实实感受到了，那一缕生命的存在，丝断魂散的惆怅与遗憾。

——思成评 

窗外一景/谭晓炜

今天虽然没有那蓝得让人产生幻想的天空，但片片白云慵懒地打着卷；它们在天上游走，使得阳光也忽隐忽现；迎春花，一朵朵像歌剧里的蝴蝶夫人，盛装坐在刚冒出嫩绿的枝头：矜持、娇美、一言不发。也怕只有风才愿意打破这难得的静谧，拂起一圈圈的水纹，扩大、扩大，最终消失。

阳光似乎是有意犒赏这些被雾霭湮没了一整冬的人们，春来得这样突然，仿佛又是在意料之中的。明朗的阳光拼命地想要钻进我的阳台，最后也只能是待在地板上，仅仅留下几片斑驳的碎影。窗前郁郁葱葱的树枝在风里招摇着，也许是过分地欣喜，挂在树梢的几片摇摇欲坠的叶，极力想要留在那里，却又被卷进房间，轻轻地敲落在我的额头，像是一条温柔的丝带，柔柔地逆着阳光，掠过心头，带来了湖边弥漫着的清新。我拾起这意外降临在我身边的精灵，它是在向我诉说吗？

我的确听见了它的低吟浅唱。

它曾是冬天那躲在树丛里的一片小小的叶子，它看尽了这冬天残酷的风，划破湖面，向世人炫耀着威风。它说，它害怕冬天，太可怕，它害怕熬不过一冬的时间。它害怕在某个静静的、静静的深夜，被风吹落，安静地被带到地上；或者，浮在湖面，哪怕一群喧闹的孩子走过奔跑过，它也担心身边嘈杂的声响。它躲藏过，也曾经迎风，逆着风的方向昂首过。它在无数次的退缩与坚强之间挣扎过。还好上天待它不薄，终是盼来了春天，盼来了它所向往的阳光，盼来了可以在其间自由自在地舞蹈的幻想的和风。

它揉了揉惺忪的眼，伸个懒腰，随着风轻轻一跃而下，告别了那个可以遮风避雨的地方，它在温暖的明媚的天地间徜徉。它知道，这一离开就意味着终了，但这是它的梦想，它要一览春光的无限美好，并把这美好带给我。这时候的太阳已爬过了树顶，透过树与树的缝隙，这便宛然有了一束光芒刺破天空。树上零星地点缀着些小花，是绿芽还是白花，远处也不大看得分明，只是能远远就听见它的欢笑，迎着阳光爽朗地笑。树干弯弯曲曲，应该还没有完全苏醒还没有把身子伸直吧？树下簇拥着密密麻麻的叫不出名字的花花草草，遮住了大地裸露的肌肤，似乎是装饰上了一层花衣，少女一般轻歌曼舞。丛生的灌木在湖边就到尽头了，再向远方望去，是那群黑色的高贵优雅的天鹅。她们就像公主，遨游在专属于她们的世界。

春是懒散的，阳光洒在身上打在脸上就像一片片绒毛，纷纷扰扰的世界里能盼得这一点慵懒是难得的。既然它早早地来了，不如早早地接受它。站起身，放下笔，嗅到窗外慢悠悠的气息。只见湖上有纹，风中有声，光中有影。

窗外一景，恰似一个轻盈美妙的梦境。本文以小见大，从一片绿叶的苏醒、生长直到迎接春天的到来，都说一叶知秋，这可谓“一叶知春”。语言细腻而淡雅，正如一缕春风拂面。

——梦卉评 

凉山之春/曾磊

当汽车缓缓驶入凉山州，每一个角落便都充满了阳光。抬头望，是蓝天白云，是一束束金黄的光，灿烂得让你睁不开眼，却又美得那般动人心魄。

来到凉山州，自然会到西昌，又一定会游览邛海。因为邛海之于西昌，就像西湖之于杭州。我们骑着自行车，开始了环湖游。

初行在路上，两旁都是花草树木。一路上都有一株又一株的三角梅绽放，有的如火，有的如霞，每一片花瓣都完完全全地伸展开了腰肢。有紫色的，有大红的，有玫红的，还有的多色花朵长在一株上，互相衬托，更显美丽与娇艳。耳畔是蜜蜂嗡嗡的低吟，还有一只只不知名的小鸟在婉转地歌唱。路旁还有大片大片的葡萄园。有的才刚长出手掌似的葡萄藤叶，有的葡萄藤已向四周展开，枝干高度足有两米，如人的胳膊一样粗， 遒劲有力。一块一块的麦地，在微风拂动之下，似金毛的狮子在抖动脑袋。竹林下有两三匹正在食草的马，悠然自得。

往前走，路渐渐有了一些坡度，蜿蜒盘旋在环湖的山上。

海拔越高，似乎离天空、离阳光的距离又近了一步，树木也更葱茏、更茂密了。榕树挺拔，杨柳依依，三角梅点缀山间。在青山的映衬下，一泓湛绿的湖水静憩在蓝天白云的怀抱下。几叶扁舟在湖面荡漾，山水之景更显和谐。

这一切的美景无一不归功于灿烂的阳光，是极强的光照让这里的花朵尽情绽放，是极强的光照让这里的树木茁壮成长。阳光的照耀下，邛海湖面闪烁着金色的光芒，波光粼粼。

凉山的天气是多变的，一夜气温骤降，第二日，当我们车行在与西昌接壤的冕宁时，又是一番别样的景致。

是白雪皑皑，是冰天雪地，整个世界都是银装素裹。路旁彝族人居住的小平房，也积了一层厚厚的雪。房屋后面有大片的山，山上繁密的树木都被裹上了白雪。山的斜坡有为了防止滑坡而修建的水泥横柱、纵柱，此时在雪的包裹下，又成了大自然的棋盘。

路上的车辆都放慢了速度，也有不少车停在路边，车上的人急着下来拍照留念。我们在寒风中瑟瑟发抖，心中却是无比的高兴，为这夏天即将来临时还能见到雪景颇感愉悦。偶尔有一两只乌黑的鸟儿飞过天空，又为这肃杀增添一分生气。

我曾到过各种各样的风景区，却没有哪一个地方让我如此留恋。这边的风景独好，这边的天气多变，但每一种天气都有格外美丽的风景。很难找到这样一个地方，阳光如此灿烂，花朵如此娇艳，树木如此葱茏。很难在南国的春天找到这样一个地方，下着雪，美得动人心魄。

凉山是一个迷人的地方，是一个来过就不会忘的地方，只因这边的风景独好。

文章记述了作者在凉山州的游览经历，善于抓住特点，重点描绘了此处的“美得动人心魄”的风景。描写很细腻，如果能适当加入一些人物的活动，这风景就更鲜活了。

——清漪评 

梦　沼/胡译

收到阿文来信的时候我才突然想起，那片梦沼似乎已经很久没有出现在我的梦中了。记忆中面容模糊的小岛像一头怯弱的小兽，孤零零地缩成一团，隔着黄绿色的江水警惕地盯着我们，似乎已经注意到对岸两个鬼鬼祟祟的身影。阿文顶着一头鸡窝似的乱发，四仰八叉地倒在地上，突然“呸”地一口吐出嘴里衔着的草根，他磨磨蹭蹭地踹了踹我：“害怕什么呀，我们今天就去得了。对，就今天去！”他满意地咂咂嘴。

拜阿文见鬼的异想天开所赐，我们的整个暑假都荒废在“寻船——偷船——被人追打”的愚蠢死循环里。我们坐上沿河运行的公车，像两个没见过世面的山里娃娃趴住黑黢黢的窗台往外看。偶尔有卖鱼的老乡在路边与人讨价还价，我们就哇啦哇啦在司机耳边乱叫一通，直到他骂骂咧咧地停车开门，我们才屁颠颠地被拽了下去。

“你要背着手吹哨子，这样才不会显得做贼心虚。”阿文这样训诫。于是我嘟着个嘴，一边发出哄小孩尿尿的嘘嘘声，一边像一只巨大的螃蟹，横着身子往老乡对面绕。然后阿文会发信号，他说三二一，我们就死命往靠在岸边的船上冲，直到指甲里塞满淤泥的老大爷大叫一声："龟儿子！"把我们从他的船里扔出来，才又像两条丧家的狗，躺在地上装死。不一会儿阿文又会咋呼着：

"害怕什么呀，我们今天就去得了。对，就今天去！"

也不知道是听了多少遍这句话之后，我们才在索桥底下发现了一条废弃的小木船。呼啦啦的风声中，拴船的纤绳像一条垂死挣扎的泥鳅，死命地摆动多节的身体，却也避免不了要被我们弄走的命运。

阿文趴在船上嗅嗅，抬起那颗鸡窝头对我皱皱眉："好像有股尿骚味……真是缺德……不过也算将就了。"我便也随他跳上了船。

蜀地十一月的江风有时真是大得惊人，带着鱼腥气的江水噼里啪啦地飞溅上木船，已经干透的尿渍被水一泡，又趾高气扬地在船里踱来踱去。我和阿文像躲避教导主任的小学生，踮着脚尖四处移动，却又不敢弄出大的动静，生怕弄翻了这片水中的孤叶。

梦沼上升起了蒙蒙的雾气。那正是我和阿文疯狂阅读金庸和古龙的岁月，他双手握住船舷向我靠过来："你说岛上那些会不会是——苗地的瘴气？"

我被我"领袖"脸上的肃穆吓了一个哆嗦，抬头刚好看见一群白鹭划破江风朝着梦沼飞去，淡灰色的尾巴被天空中湿漉漉的水汽晕散在同样灰蒙蒙的天空中，留下一道越来越淡的笔迹。

"我爸给我说了，梦沼上都是鸟。我们爬到树上去，就可以捡到五颜六色的鸟蛋。"

阿文的手略略放松："你确定就好。我们到时候要捡一只始祖鸟的蛋回来。"我居然也傻乎乎地点点头。

这时梦沼上的雾已经越来越浓，丝毫没有要被江风吹散的样子，而我和阿文划桨的动作却随着愈演愈烈的呼啸声越来越慢。我觉得自己似乎在对抗着什么无形的敌人。近处澄澈的近乎透明的空气中也开始饱含着充沛的力量，死死地拉住我们的手——现在想起来，就好像是时间。

作为出发点的索桥也开始越来越模糊。起初我们以为是大雾的缘故，很久以后，当船里的那股尿骚味已经渐渐飘散时才惊觉，那大概是因为我们随着向下流去的江水以及向着同一方向狂暴呼啸的江风飘得太远的缘故。阿文开始指挥我往上游划，我已经快要哭出来了：

"我们不要去梦沼了，我们只要划回去就行了。"阿文使劲点头。

这时江中的旋涡像白练一样缠绕着某种看不见的东西飞速旋转，木棍、草根、阿文的帽子……最后连不可一世的风也被挟持着卷了进去。我已经看不见远方的城市、江心的梦沼或是两岸的河堤，我只能看见阿文若隐若现的脸上失去表情，最后也渐渐不可见。天空中鸟类的喙像被一只大手捂住，惊恐的叫声被堵住，只有血淋淋的大眼鼓了出来。

直到阿文抓住了我的手："我们不用划了，没用的。两个人保持好平衡，等雾散了、风停了再说。"

当时的我们已经是耻于落泪的年纪，但我还是趁这江雾的遮掩擦了擦脸。

阿文突然说要讲故事壮胆："你再讲讲梦沼好不好？"远处已经看不见一点东西。

梦沼……梦沼……该从哪里说起呢？是讲爸爸嘴里栖息着各种各样鸟儿的江心小岛，还是我脑海中有盘曲的古木慈祥的微笑，有大笑的孩子、年轻的姑娘、秋天的落日、敦煌的月亮，甚至能嗅到那些不同肤色的人们身上特有的体味混合起来的奇异的国度，能看到雨打枯荷时天空中那种藕粉一样灰蒙蒙的黛青色的那个梦一样的大沼呢？

我也说不清楚，所以我干脆闭上了嘴巴。可阿文大概也知道。

那天直到傍晚的时候，雾才渐渐散去。而我们已经拉着手睡得很熟。直到一艘专门供人游河吃鱼的船经过我们的身边才有人将我们唤醒带回。

睡意蒙眬中，我和阿文也没能看见我们究竟漂到了哪里。

我拿着信赶回家乡，在索桥底下见到阿文的时候，这件事已经过去十余年了，而我们都选择了离开家乡，独自远行。这时衣冠楚楚人模人样的两个少年正站在江边远眺："听说我们的梦沼现在已经可以步行过去了。有房地产商架了桥，要在上面修一个'桃花岛'，可是我已经没兴趣了。"阿文的脸浸泡在对面射来的霓虹灯中，看不出来是否有些失望。

去酒店的出租车上，司机一边用对讲机聊着天，一边拉着我们在市里绕了几个大圈。阿文想要发火，却被我拦住了。

无论如何，我们已经彻底变成了两个异乡人。

无论是对于这座城市，还是我们的梦沼。

在这繁华纷扰的城市中想再寻得儿时的那一方桃花源已是梦境。梦沼，荡着阿文的笑，倒映着天真孩童对未知的向往，也轻摇着对那流水潺潺的记忆。作者的真情如泉涌，语言如溪流，澄澈、明净。我们都是寻梦的人，一叶扁舟只身入险，结果也变得没那么重要。

——梦卉评 

凤凰之城/王楚夷

见过红日浮海，天地如丹的气概；见过日照金顶，云蒸霞蔚的豪情；见过都市初醒的朦胧；见过茅店鸡鸣的安静，而最难忘的还是凤凰之晨。

凤凰是一座湘西小城，山拥着，水傍着。凤凰的美在于一分迷幻。

当洗衣的“梆梆”声将你从睡梦中敲醒，便也如京剧开幕的锣鼓般，敲开了新的一天。不过，捶衣声比起锣鼓音来，少了几分威逼，多了几分慵懒。凤凰人就在捶衣声中，迎接清晨的第一缕阳光，人和声都是慵懒的。

凤凰的曙光是迷幻的，是朦胧的，像一个幼稚的孩子，目睹这令人茫然的世界，不知所措，却又心驰神往。这也不错，几千年的苗人聚居之地，几千年不变的古老习俗，对于初露的晨曦，是太古老了，难怪这乍到的新阳，也怯场起来，不肯快快地明亮，只是在昏暗与明朗间徘徊。

早起的大白鹅无所谓这氤氲的晨雾，兴致勃勃地跑出来，趁着沱江上的船还泊着，享受享受水面的宁静。水纹里影子尚不甚清楚，它们却兴奋地顾影自怜了。早就习惯了祖祖辈辈将窝儿安在这块地上，祖祖辈辈都就着昏昏的晨光照镜子，不也挺好吗?

太阳终于告别了羞涩，渐渐升高了，不过依旧行动迟缓。不知是对这千年古城有所礼让，不肯一下子高居宝座，还是迷恋这朦胧的晨景，不忍心一下子破坏了它。总之，是轻轻地向上浮游，不急不忙，管它到地老天荒。

城墙是湿润的，仿佛不肯因这朝阳燥热起来。也许，几千年风风雨雨，城墙上浸透了太多的鲜血，永远干不了了。倚在城墙上，望着渐明的沱江，想起《边城》中的主人公翠翠，便急于四处寻觅她的芳踪，可茫茫人海中哪里去找呢?

沱江如镜，似乎停滞。孔子曾在川上曰“逝者如斯夫”，那么，这不流的江，大概就应了时间的凝固吧。这千年的故事，也就在凝固的光阴中永恒了。

太阳终于升高了，古老的城被炽烈的阳光洗尽，一切又重回现实，明朗，轻松。

这迷幻的，凤凰的晨。

作者善于抓住景物的特点来进行描写。把凤凰古城早晨的那份迷幻、朦胧的特色展现无遗。太阳、晨雾、白鹅以及雾中的人都朦朦胧胧，若有若无，给人一种似真似幻的感觉。

——梦卉评 

心湖涛声

心是思想的湖泊。

心儿不愿寂寞。它像一只活泼的小鹿，总要欢快地蹦蹦跳跳；它像一只敏捷的小燕，总是不停地扑棱着翅膀。

一根苇草，拥有的土地微不足道，但思想却给了它阅读天空的眼睛。

心灵因思考而活泼，因歌唱而生动。

你听见心灵开花的声音了吗？

流星划过的夜空/徐源远

“流星雨”，这确乎是美丽、浪漫的代名词。十五六岁的女孩儿，谁没有期待过看一场真正的流星雨？

可巧，今年的七夕佳节正碰上英仙座流星雨，凌晨两点到四点，为最佳观看时间。

是夜，我躺在床上，半梦半醒，不时拨弄一下闹钟，生怕错过。实在耐不住，就上网看看那些“追星”人发的微博，他们从成都风尘仆仆赶到南充，支起帐篷，仰望着，等待着，一点儿也不焦急，有的只是无尽的喜悦。

两点，我从床上一跃而起，拉开窗帘，没有月亮，只有一片纯粹的黑，比墨汁更深、更稠。我不知道星星藏得有多远，但能清楚地感受到那从黑夜深处吹来的风，很凉，丝毫不带半点儿夏的气息。我披了件长衫，叫醒妈妈，提了两根板凳来到楼顶。刚一仰头，就被满天的星星惊呆了，似乎全世界的星星都聚到了我的头顶，它们一群一群扎堆儿站着，辨不出什么颜色，反正不是小孩子涂鸦中亮晶晶的黄色。星星的光很微弱，仅能将它们身后的一小块天地浸润上一丁点儿蓝色，正上方的一片星群中依稀辨得出一点儿红色，除此之外，四周的天空尽是漆黑。我突然感觉很幸福，似乎一张开双臂，就能触碰到这些美丽的小精灵。

我痴痴地望了一会儿，终于感觉脖颈很酸，就在我低头寻板凳的一瞬，妈妈惊呼："看！流星！"我赶忙抬头，依旧是那片美得令人心碎的天空，但哪儿也觅不见流星的踪迹。我失望地坐下，用双手撑着头，目不转睛地仰望着，脑袋里很空，什么都不愿想，什么也都不能想，兀自发着呆。可就在这时，一颗流星在我头顶坠落，只觉得眼前一亮，心里一喜，那么小，那么快，我刚刚张开的嘴都还没合拢，它就迅速消失了。眨眼之后，我甚至开始怀疑，我真的看到流星了吗？我刚才看到的真的是流星吗？就这么毫无征兆的，总是在最不经意之间，我又见到一颗一颗的流星从不同方向，以不同姿态，拖着或长或短的光尾，在漆黑的天幕上划过。虽然没有想象中的华丽，流星如雨一般洒下，也缺少偶像剧里那梦幻般划过天幕的声音，不过已足够让我怦然心动，足够让我久久地去回味。

我和妈妈渐渐交谈起来，虽然只是很普通的话题，但此时说出的字句都缥缈起来，笼着一层浪漫的气息。妈妈说："牛郎和织女此刻正在鹊桥相会吧！""我想他们此刻，定然在天街闲游。不信，请看那朵流星，那怕是他们提着灯笼在走。"郭沫若的诗句自然而然地浮现在我脑海中，从前觉得万分矫情的诗，此刻突然觉得是那样的亲切而美好。虽然科学一再重申牛郎星和织女星永不相会，只会越离越远，但这又有什么关系呢！天下无数的痴男怨女依旧爱着、痛着，即使知道结局是残忍、是陨落，也要拼尽全力在空中灿烂地划过，如流星一般，以自身的毁灭作为代价乞求美丽，乞求无悔的青春。

有人的生命像太阳，永远发着光、散着热，让人无法忽略；有人的生命像月亮，冰冷，不食人间烟火；而有人的生命就像这流星，辉煌过、美丽过，最后归于消沉，他们不拘于以怎样的方式证明自己的存在，他们参加的是一场以整个人生为筹码的豪赌，从开始的第一步起，就没了退路，只有前方无尽的苦与甜，泪与笑……

像太阳的是伟人，像月亮的是圣人，而像流星的就是这普普通通的人、真真实实的人。他们走入茫茫人海会被淹没，或者说，他们本身就组成了这茫茫人海，但他们一生中总有一次全身心地、疯狂地、热烈地、不问后果地燃烧，为一份梦想，为一段爱。因为这一点，他们可以骄傲地说："我来过这世界，我绽放过自己的光彩！"

风继续不紧不慢地吹着，带着越来越浓重的葡萄叶落的声音，花也开过了，果也结过了，叶也是时候该落了。

我又仰头望了一眼美丽的星空，今晚，我的星空。"晚安！"我轻声道。

作者的幸运让人羡慕！作者用朴实而细腻的笔触描绘出流星雨那让人窒息而又引人遐想的美，层次分明地展现出了自己内心的波澜，从最容易想到的爱情传说上升到人生的价值，对普通人价值的议论与前文对星空的描绘恰好契合，十分自然流畅而又发人深省。康德说最让人惊叹的就是头顶的星空和心中的道德，相信像作者这样能有幸见识星空奇美的人，必能有更为博大的胸怀。

——妙然评

逃离与回归

——读《群山回唱》有感/曾极麟

我实在难以描述刚读完胡塞尼这本书时的百感交集。

并不是说它有多么壮丽恢宏——在这样一个火热躁动的时代，英雄史诗只是沸腾一时的热血——相反，我正是感动于这本书中字里行间那种用时间研磨的细碎的安静气质，就那么平平淡淡地流淌而出，一点一滴，偏偏流进人心中常被忽视却异常柔软的角落。

看了不少的电影，读了不少的书，会渐渐地发现：真正打动人、使人领悟一些什么的作品绝非一味追求强大不停膨胀，他们只是满怀关切地看着他们眼前的时代，忠实地描绘在每一个时代里遍体鳞伤却顽强挣扎的人与他们踉跄走过的一生，作者深刻的思考，生活的哲理就在这些平实的叙述中一一道出。

因此，我实在对封面上的那句话刻骨铭心："踉跄前行中，你总能在他们身上找到丢失的那一部分自己。"是的，不管是年轻的、成熟的或是苍老的人，我们之所以常常莫名感动于那些书中的人的故事，是因为我们捕捉到了自己的影子，于是生命中某些一直不可言说的想法和念头一下子找到了恰如其分的对应，有些孤独一下子得到开释，像是寂寞疲倦的旅人突然遇见一匹与自己心有灵犀的马儿，让黄尘和着热泪顿时飞驰起来。

世界上没有两片一模一样的叶子，但不可否认的是总有同一种生命的本性驱使着必然的脉络形态，人生亦是如此。我们既已知道生命中有一些妙不可言的对应，那么好奇心就让我们不得不去探寻那是什么。

我很大一部分的答案来自于书中马科斯的母亲对马科斯的理解和安慰："这是个很有趣的事情，但是人们常常回避这个问题。他们认为自己活着，全凭他们想要的东西，可实际上呢，支配他们的是他们害怕的东西，是他们不想要的东西。"

换句话说，就是逃离。

——逃离那些不想要的东西。

曾与一个朋友讨论这个世界的真实性，他向我吐露他的怀疑：这个看似真实的世界会不会只是他脑海的投影，生死往复只是从世界的这一面到达另一面的枯燥过程，偌大的宇宙会不会只是另一个生灵内部的结构，而地球是比细胞还要微小的存在？如果真是那样，那我们在这世上的痛苦挣扎又能有几分意义？我忽然间发现原来世界上许多人都有着与我相去不远的天马行空，这似乎又是一个奇妙的对应。只是我们习惯把这样可笑的臆测深埋在心底，孤独地创造一个无比宏大的只属于自我的世界，在那里，许多有意义的变得无意义，许多无意义的变得有意义，一世繁华也敌不过山高水长。看着他紧锁的眉头，于是我宽慰他这样的想法太唯心、太悲观，要相信科学，并轻嘲他再这样下去必定遁入空门。自然，他不信，我自己也不信。

当时的我大概只能模糊地捕捉到这次谈话里对于生命意义的悲哀，如今终于发现只不过是一种逃离罢了，从活生生的现实逃到叙利亚诗人阿多尼斯所谓的“孤独花园”。

若细细观察每一段书中抑或是现实中的人生，我们便如此不可辩驳地发现逃离是人性的常态——人类是多么喜新厌旧啊，在太多有意义与无意义的纷争中，逃离是人性的趋向性选择。不管这样的逃离是多么自相矛盾，多么情非得已，它是永无止境的：当我们日复一日三点一线埋头苦干的时候，我们开始期待一场说走就走激情冒险的旅行；当我们上山下海风吹日晒蓬头垢面的时候，我们觉得生活应该优哉游哉慢条斯理；当我们不计甲子百无聊赖犹如困兽的时候，我们又渴望欢天喜地不尽狂欢的日子；当我们夜夜笙歌花里胡哨莫过于小丑的时候，我们才想起朴素安静勤勤恳恳的程式化生活似乎也不错……

爱丽丝·门罗说：“逃离，或许是旧的结束。或许是新的开始。或许只是一些微不足道的瞬间，就像看戏路上放松的脚步，就像午后窗边怅然的向往。”是的，逃离是一个个小小的闪念，指引我们奔赴一个个人生的驿站。“人生天地间，忽如远行客”，我们渺渺的人生正因一次次逃离而显得跌宕起伏异常精彩。

可是如果生命仅仅限于一次次决绝的逃离，那未免显得太过仓促，太过任性，因此，不管是书的作者，还是我们的命运，往往会留那么一点回旋的余地，使得疲于奔命的灵魂也得到一点小小的慰藉——那便是我们的回归。

回归到灵魂的发迹地去，回归到迟到的深情里去。

于是，你瞧，为自己的平静生活不被打扰而逃离自己身世纠纷的帕丽终于在白发苍苍的时候与失散六十多年、早已失忆的哥哥醉在同一个午后的梦里；从小讨厌母亲的毫不亲昵和毫不承认而远走阿富汗的马科斯终于发现了母亲的礼物，“她从不会离开他”，他耿耿于怀的旧日的创痛在母亲手里的虹影中开释；从小破相为逃避世人眼光蜗居小岛的萨丽娅终于在小岛淳朴的生活中开始习惯自己的身份，像是习惯每天为丈夫倒一杯加糖的牛奶……这些感人的回归正是那偶然而至的希望之光，再漫长的悲伤绝望都显得不那么沉重。

当然，书中也同样有人一生苦难，而生活更不会总是美好的结果，但是逃离与回归正是人生一种美妙的巡回演出，登台与谢幕都会有特定的时刻，认真完成自己的表演便自然圆满。这让我想起前段时间很流行的一句话：“且把时光炖了，再痛饮。”不正是描绘这番人生的潮起潮落？如果此时再让我与那位朋友谈谈，我必会告诉他，我们脑海里那个无比宏大的世界，只要你相信，就一定存在，这个小小的世界也一样，一切只看你归向何方。

这时再回看这本书的书名，似乎又有些领悟。人生就像蜿蜒的山路，一步一景万物生，一得一失竟相似，当我们在山顶高喊时，隔一会儿便听见群山回唱——

生命就是这样一个在失与得的博弈中用爱归结的过程。

这篇读后感并不是单纯的复述与评价，而是将自己融入书中、将书融入自己读后所得到的感悟中：

逃离与回归。这一对反义词却是将大半生命都概括尽了：大多数人用大半生去逃离自己所不愿面对的事物，再用剩下的时光回归真实的世界。文章中关于世界的真实性与生活的探讨很多，与“一个朋友”的谈论读来却像《赤壁赋》中苏轼与吹洞箫者的对话，尽管“我”并未当面给出回答。文章的最后可以说是一种释怀：循环往复，失而复得。

——清漪评

看　画/高飞雪

有时候看过了一幅画，便心心念念地忘不了。就像小时候吃的糖，总想再吃一次。

有一段时间，我很喜欢看水墨画，便找了许多。古人画的山，高耸入云，寒气逼人，我一点也不喜欢。后来接触了一个叫作林曦明的现代画家的画。他的画多是江南水乡，多是用淡色晕开，画面柔和而鲜明。几抹淡粉，两撇黑墨，就是一个河塘边的人家。

他的画中多有水，多有船，小小的乌篷船。有时候荡荡悠悠地停在岸边，有时候上面坐了一个白衣老头，或是一个红衣少女。船上有酒，我猜那是上等的女儿红。船在水中慢慢悠悠，那人就得意地钓鱼。背影有些柔和，或许是山中野居的闲人。水的两岸是树，画得一点也不仔细。就是用水调淡的粉绿，用毛笔蘸了，画了许多圆圆方方的图案，用细笔画了些树干。就是率性而为，却恰衬托了那老头钓鱼的背影。

我以前买了一本林曦明的画册，有时候拿出来看，宁静和谐，明快清新，单纯丰满，爽洁朴厚，一笔笔饱含深情，充满了生机。真想就变作了那牧童，骑着牛吹笛晚归，山山唯落晖。或是干脆就变成那牛，踏着土路往山上走，听泉水，看山色，真是懂得生活的生物。

现在那本画册已经送了人，送的时候以为自己已经看厌了，没想到现在却无比怀念着想再看一次。

还有一个画家，也是现代人，姓吴名冠中，这两人是截然不同的风格。吴冠中更仔细，画小镇还是仔细好。要把房子的轮廓轻轻勾出来，用浓墨涂屋顶，用淡墨画阴影。把小船的桅杆轻轻勾出来，还要把墨调淡一点，把水里桅杆的倒影轻轻晕出来。把拂在桥上的柳条轻轻描出来，描得像是有风吹过，是有一点微微的力量却又不甚大的风。

还要用一些颜色。用嫩黄淡绿画树叶，用大红湖蓝画衣服，用落晖的颜色画太阳，用一层淡得不成颜色的水色画苍穹。

吴冠中的画里，背景是深深浅浅的黑墨水，红和蓝多是搭在一起，甚是鲜明。这意境按我理解，就像顾城的诗：在一片死灰中，走过来两个孩子，一个鲜红，一个嫩绿。

我最爱的那幅画里，画面看起来是黄昏时分，因为小镇看起来有一点黄昏的朦朦胧胧的光辉。天上是一笔橙红，一笔紫红，颜色分明而并不突兀，像飘飘的衣裙。

太阳和煦而温暖，钓鱼回家的船密密地停在岸边，空气中渔船飘逸出淡淡的腥味，归家的渔人开心地唱着歌。

我设想画家一定十分高兴，于是就画出了这么一幅可爱的画。

文章写“看画”，却像是将自己也放入了画中，又像是用文字画了一幅画。淡淡的笔墨勾勒，精彩的语言上色，再融入自己的独特感受，画成。文章的开头写得活泼而真实，看过的画原来同小时候吃过的糖一样，当然是不会忘记，也令读者难忘。

——清漪评

花中一景/彭及云

中海社区的街道中间，种着一排樱花树，这些树并不粗壮，树叶也不那么茂密，只无言地站在路中间，把那略显狭窄的道路分成两半。

周一到周六都坐在教室里，感受不到季节的变化，在某个周六的下午，我走过那条街，看到路旁的樱花树都微红了脸颊，这才意识到春天已经来了。

这些樱花树一年到头都存在感稀薄，披着一层灰蒙蒙的黯淡的绿发，被终日不息的汽车尾气呛得咳嗽，道路上是飞驰而过的车辆，路旁是行色匆匆的行人，它们没能够得到太多的关注。每年只有那么几天，从树梢上开始渲染那粉白的色彩，渐渐蔓延，最后让粉色的旋律流淌至全身……汽车呼啸而过，枝间仍是那样柔弱地微颤，不时飘落几瓣花瓣，让人不禁心生一丝怜爱之情。

拖着行李箱走在春日逐渐上升的温度中，远远地便看到那一片粉白的云雾。它们在这路中间，数量远比樱花园里的少得多，自然没有花飘如雪那般壮观，但它们却更能让人感到欣喜。我跳上花坛，拿出手机用镜头仔细记录下这份满满的温柔与欣喜。我仔细地观察着它圆圆的花瓣的形状，娇嫩粉白的颜色，我伸出手去用指尖触摸它那淡黄的花蕊，可惜周围的花瓣太过脆弱，像我的手指迸出了一阵电流一样，一下子便把它们都弄得飘落了。我为自己的动作而感到后悔，遗憾地缩回了手，走在路旁的阴影下。我偏过头去看这满树纯洁的花，不自觉地连脚下的步子都轻快起来了。

这周坐车回家时，发现街中的绿树间还点缀着团团白雪，我一下子便记起来了，是啊，到了樱花该开花的日子了啊！可再一看那崭新的绿叶已经冒出，便觉得十分遗憾与失望，这不都快开过了吗！樱花的花期太短了，开花后，基本上一天一个样，在我被困在教室里时，这里的花已暗暗地度过了它们最美丽的时期。

几年前，我去过一个桃花节，那是满山红艳艳的粉色，穿梭在树间的游人一个个都无比欣喜，但现在对花已没多大的印象，只记得当时我对一个桃花节可以举办十几天表示惊讶。樱花就不同了，一转身，最美的景致已经消逝了。

本来是象征着崭新生机的绿叶，在我眼中却成了遗憾和哀伤的象征，是我来得太迟了。接下来，它们又要度过毫无变化的一年。眼前浮现出我所看见的那一片粉白的羞涩的景色，只希望来年它们能等着我——通过一年的积蓄，到最后释放，花期虽短，却开放得热烈、纯净而精彩，我爱这花！

很平常的街边景色在作者的细心观察下引出了许

多别样的思考。文中或是喜悦或是惆怅的心情很能引起人们的共鸣。枯坐教室的我们无缘花开，无奈在最后化为对来年的憧憬，并托出全文的主旨，让全文的色调明朗起来，意蕴丰厚起来。

——陈禧评 

树/吴健嘉

它是一棵树。

深深地扎根于脚下坚实的土地，笔直而挺拔的树干直指天空。它也不知道它有多少岁了，春去春又来，它只在沉默中计算着时间的轮回，日复一日，年复一年。

但树并不孤独，它生长在一个小山坡上，可以远远地望见夕阳从森林的那边落下。每到傍晚，就会有一个年迈的守林人，牵着一只灰色的小狗，走到树旁，慈爱地拍拍树干，然后倚在树身上，休息一会儿，看夕阳落下。

那灰色的小狗总是会兴奋地围着树跑上两圈，仔细地嗅嗅树的气味，然后也学着那守林人的样子，安静地站着，若有所思地望向远方，等待着守林人的归去。这一人，一狗，一树就这么静默地站着，相互之间似乎有一种神圣的约定。

时间就这样过了许久。守林人和那条小狗依旧每天都来，只是小狗的身躯越来越强壮，一步迈出好远，而守林人的步伐，却略微有些蹒跚。他依旧慈爱地拍拍树干，靠在树上休息，只是每次来都会喘息好久，休息的时间也越来越长。

终于有一天，守林人和小狗都没有出现。四五天后，当那只灰色的小狗再一次从树林中跑出来时，年迈的守林人却没有跟在它的身后。狗像从前一样围着树跑了两圈，然后安静地望着远方，忽然，似乎又想起了什么，转身悲伤地望着树，低低地叫了一声，向树林深处跑去。

像鸟儿飞过天空，像微风拂过湖面，守林人没有留下一丝痕迹，悄悄从人世间消失了。不久，小狗的身后又出现了一个新的守林人。生活，仍在继续。

他们依然每天傍晚靠着树干，望着夕阳西下。狗依然沉默地等待着。

慢慢地，狗奔跑的样子不再像从前那么灵活了，日益瘦弱的身躯显得有些笨拙，可笑。而更多的时间里，它只是站着不动，望向夕阳的目光，多了一丝无奈与沧桑。

又是那么一天，狗也没有再出现。

整个森林迎来了漫长的寒冬，新的守林人也不再出来看夕阳了。于是，每到傍晚，金色的余晖就投射在树身上，把树的身影拉得很长很长，没有人再陪树看着远方夕阳落下，整个森林越发显得孤寂而落寞。

时间仍飞快地向前流逝着。冬的静谧很快被一阵嘈杂的喧哗打破，一纸公文贴遍了森林。上面写着：由于城市扩建的需要，十日内将砍伐本片林区内所有树木。

树仍旧沉默着，只是从那一天起，每个傍晚，都可以看见树的枝条都在微风中轻轻摇曳，似乎想伸向它永远无法到达的远方。

语言很有味道，给人一种时间的沧桑和悲凉，感染力很强。树、守林人和狗的画面，充满了诗情画意。树的命运让我们无语、无奈、无泪——总是有一种想哭的感觉，为自己，也为他人。文章整个推进速度也很合适。语言韵味十足，结构精巧。

——毓聪评 

十　年/赖宇田

如我再遇见你，
在多年以后，我将何以致意？
唯沉默与眼泪。

总有一些情感，在经历别离的冲刷后，渐渐地淡成一掌细沙。

十年，一掷如梭，白马也追不上时间。

十年，生死都会两茫茫，人与城都会改变。从此再也不见柳媚花好的双十年华，从此再也不提年少轻狂的海角天涯。

壁灯和月就花荫，已是十年踪迹十年心。

十年，不是每一个人蓦然回首，都会在灯火阑珊处找到自己所思念的影子。而我们，又有多少个十年可以回首？又有多少个十年可以想望？又有多少个十年可以等待？又有多少个十年可以执着？

重逢多年不见的同学，昔日发下的一起闯天下的誓言，已不知什么时候被候鸟叼走。聚在一起，不同的生活环境，早已掐断了彼此之间所有的话题，便只好一遍又一遍地重复着那些年的往事，卑微地希冀着自己并没有被忘记。然而，那些我们以为一辈子都不会忘却的记忆，就在时间的奔跑中被我们不知不觉地遗忘了。

可是，也总有那样的一种感情，岁月磨损不了它，时光奈何不了它，便只能将它雕刻成最铭心的相思融入灵魂，即便是流年似箭光阴如梭，也可在岁月如歌中找寻。

想起《呼啸山庄》里的希刺克厉夫与凯瑟琳缱绻的灵魂。他们从小一起成长，一起经历漫长的时光，他们就是彼此，彼此就是他们，尽管他们最终走到了“使君有妇，罗敷有夫”的地步，直至最后生死两茫茫，阴阳相隔，但爱却超越了生死与冥冥间的力量得到了永恒。

十年，说长不长，说短不短。

人生终究流水事，而十年，也不过是其中一条小小的分流。

十年之前，我不认识你。十年之后，愿我们是朋友。

愿十年不能改变所有。

愿人间真情永驻。

这是一篇抒情散文，以设问开头，显得别致新颖，也引起了读者的思考。接下来的三段排比气势恢宏，让我们的心里也为那像奔腾的急流般滚滚逝去的光阴感到悲伤。十年，足以洗去昔日朋友间所有的话题，让人感伤，然而，作者并未仅仅流于对失去时光的怀念和伤感，文末提出了美好的愿望——也是我们读者的愿望，时间并不能改变一切。

——雨琦评

今年花胜去年红/李蕊

窗棂之外，是花，艳俗的大红，如同新娘揭开头盖后的嫁衣。

许久未开的窗轻轻一推，便有沉闷老旧的灰尘的气息弥散在了空气中，伴随着“吱呀”一声，便有刺眼的红色，紧靠在干裂的褐色台沿上。她微微地眯了眯眼，好像那过于张扬的红色将她心中的恐惧捅破了。那是大团大团的雍容的花，繁复的花瓣围在一起，层层叠叠的一朵，看上去沉甸甸的样子，开在树上有一种不堪重负般的美。

这花又开了，还是一如既往的准时。她叹道。

熟悉的红色，却比去年多了一份冷艳与故作矜持，因而显得更红了，好像不小心就会滴出血来。她抬脚走出房间，天蓝得很干净，却又有雁去无痕的寂寞，天上极细极淡的云丝像随手在水中抹出的墨迹，旁边便是那一树繁花，那红色中，映出了记忆。

“这花虽艳，戴在你的发鬓却独美。”他伸手将一朵开得正繁华的花别在她耳后，耳郭感到指尖的温暖，说话的气息带着花香抚过她的眼角，他的脸庞离她很近，就像绕在身旁的如丝如缕的花香。她抬头，原来白净的脸上被花映出了淡淡绯云，略施胭脂的唇微抿，目光流连片刻又落下，睫毛在脸上映出阴影。“这红色衬你最是好看，想来你穿红嫁衣必也是极美的。”他笑，语气清浅，目光温暖。

她也笑，看着眼前之景，嘴角却抿起嘲弄，那份情意，会比这树繁花的开落长多久？却道年少的情意，总说是“信誓旦旦”，但即便是这简单的四个字也总撑不到最后，每每余下的，却是《诗经》中的下一句，“信誓旦旦，不思其反”。这便是了，她想。只落得个不思其反。

她抬头看花，似乎不甘在这树花旁落得如此苍白。那树艳丽似乎在笑她，不过是少了一个人的欣赏，何堪落得如此寥落？年年春至，无论有无人赏，花总会开，越无人看便开得越是妖冶，如此这般的美不懂欣赏，才叫可怜。她微微有些愣神，眼看向那扇许久未开的院落的大门，又转身抬脚回房。

她回房，打开久未动过的奁盒，望向镜中的自己，细细地用梳子理顺头发，她执了玉簪，盘了高而繁复的乌髻如云，戴上坠有亮红色泽的石子，再在脸上施粉抹脂，最后是艳红的唇，微张着，侧脸，细细注视镜中的自己，两颊抹以浓重的胭脂，如酒晕染。少了一份羞涩的柔情，却多了一种艳俗的诱人。唇上的红色勾勒出嘴唇精巧的形状，鲜亮而又决然的样子。她微微有些发愣，从未画过如此浓的妆，即使在出嫁时也于红盖头之下偷偷抹淡了嘴上的胭脂，但现在她坐在镜子前，看着如此妆容的自己，有一种恍然。“女之耽兮，不可说也。”她想，如果她在他还在自己身边时便如此打扮，他会不会留得久一点。她凝视着自己的眼睛，一样的美，却有了抹不去的寂寥和伤悲。

她再次转头看向窗外的花，那红色，恰若自己的唇。今年花胜去年红，却已是人去楼空。

文章一开头就吸引人注目，运用短句和一个精致贴切的比喻，营造出一种沉郁的气氛，含蓄而深刻。而全文几处细节描写都很生动，用词优美。对比的运用也很出色，曾经的温柔缱绻与如今的独身一人相对比，更突显出那一股含蓄的悲伤。而最后一句："今年花胜去年红，却已是人去楼空。"与文章标题相照应，点明主题，又两相对比，有一种诗意的忧伤，与全文的意境相符，这几处都是点睛之笔。整篇文章有一股在表面底下奔涌的悲伤，令人更能感受其爱之深，悲之切。

——宛泽评 

流　年/李茂玫

我路过电影院前玻璃上贴着的那张海报那天，是个雨天。雨下得极细微、极缠绵，浅浅的地上的积水，随风还泛起细细的波纹……一种烟雨朦胧的感觉，使人眼前就像装了毛玻璃，恍惚着，看什么都仿佛透过深沉幽远的回忆向外探望似的。海报拍得很精致，让人就算透过这薄薄的雨幕，也看得清晰……海报上少女的发丝似飘扬在风里，束得很高的马尾微微的有些乱，挽起袖子的水手服里露出泛着青春气息的年轻肌肤，她的脸隐没在阳光里，只看得见侧面，嘴角微扬，也许是带着笑……阳光、青春、温暖而又纯真的笑容，如此美好。海报上那种青春洋溢的味道像潮水般涌来，年轻柔和却又无所畏惧的活力与热血，总是让人怀念，也只有怀念……毕竟我也知道那种美好的年月终是逐渐地、一点点地被时间剥离了，空留它绚烂脆弱的外壳，空留一份念想……那些似水的年华终究是会过去的，终究会成为一个遥不可及的梦，也只有在梦里才得以重现了。

我的英语老师说，一个年轻人更多的应该展望未来，走好现在，人老了才不会总是回顾往昔……但怀念并不只是一种被泪水浸湿了的不舍与痛惜，更多的是那些璀璨年华里的愉悦安宁和可爱时光，抑或是同伴的微笑与鼓励，抑或是一次前所未有的刺激与经历……当然，泪水也是有的，不过很浅很淡，不似海水那样咸那样深的伤痛……回顾往昔往往令人铭记更多，也让人更珍惜自己脚下和眼前的岁月。

所以原谅我继续用这种混乱的文风写这个过时的话题，毕竟惦记太久……那些记忆中脸上还带着天真稚气的男女、那些已微带点陌生却又深藏在心底的名字、那些充斥着笑声的欢乐……总会让人甜蜜，让人感觉到无限的活力……

总记得小时候那些冒险而又刺激的岁月，也只有那么小的时候才敢那么大胆，不受拘束，敢在中午和一拨女生躲在教学楼的厕所里不回寝室睡午觉，玩着自己的过家家。直到被生活老师逮回去，才委屈地大哭，知道自己错了。还有那些在寝室走廊里一起同甘共苦罚站的时光，走廊灯那么亮，圆圆的可爱模样像个融融的蛋黄，流淌着暖暖的光，映在我们稚气的脸上。七八岁的天真淘气又充满好奇的我们怎会乖乖地站在墙角，我们轻声聊天，咧开了嘴傻笑，手做成各种形状放在灯下，手影映在白花花的墙上……走廊尽头的窗外是远处星星点点的光，夏日的夜里很静，隐约听见宿舍楼下的蛙鸣和树荫里的蝉声；生活老师的批评也压低了声音，失了威风……这样的夏夜就一直印在我脑海里，每每想起，那时的灯光似乎又正在温暖着我，似乎又听见同伴在生活老师的批评下轻声地纠正她普通话读音的错误……那样的时光总是可爱的，想起空气里都洋溢着橘黄的温暖和幸福，眉眼里都会充满了笑意。

还有那些十三四岁时安稳的时光，平平淡淡的，但却像茶，只要细细地品味一番，不仅是清香也带甘甜，大概也就只有这样来比喻那段日子了，安宁、恬静，却也有微风，拂起细鳞般的波纹……记得因为身高的缘故坐最后一排，结果初中开学第一天就被点起来当了组长，理由是视野宽广；英语课上被叫上去画飞机，结果画得像海豚，还诱发英语老师又教了大家“海豚”这个新单词；还有因为一点小争议和朋友在物理课上拼拢了桌子划拳定输赢，结果被在后门的班主任发现，罚站了一个课间……即使是过去了，但每当我记起它们时，它们仍带着当年的光彩，仍让人感觉年华可贵，生活美好……那些璀璨年华里给我温暖与鼓励的人也不曾忘记，我仍记得同桌那个肤色有点暗的男孩，平时总抢我的东西，但在老师还在批评泪流满面的我时，却偷偷从桌下递来纸巾；那个有一点点小任性，却总是像大姐一样在我无助孤单时帮助我安慰我的女孩；还有天天陪我一起走读回家，告诉我好多小道消息和八卦，让我开朗很多的闺密……我们在同学录上写下长长的祝福语句，作业本和校服上留下了我们“创意”的涂鸦，教室雪白的墙上尽是各种吐槽……即使当年已不在，往昔已灰飞烟灭，温情和欢笑留下的痕迹却是永远那么久远。也许你会认为日子久远记不清了，但其实他们双手传递给你的力量，挫折时他们给你的信任支持，这饱含着阳光的一点一滴你都不曾忘记。

而现在，我仍感谢岁月带给我的美好与开心，身旁的一切，老师、同学，都那么可爱。虽然时间过得好快，来不及好好珍惜，又是一天一月一年了……年华似水，过去让人不舍，因为它饱含关怀、期望；过去让我怀念，因为那些温暖的回忆一直给我动力，给我勇气，不再让我流泪，不再让我泄气……

流走的年华，它是多么热血的东西。回顾，其实也是条通往未来的路。

蝉声陪伴着行云流浪，回忆着远方……

这是一篇很温馨的文章，对我们中学生来说很有共鸣。作者从一张海报有感而发，转换自然。语言并未有太多华丽的修饰，比喻也皆是一些较寻常的事物，可正是这分淳朴与温暖，让我们重新回到了那些可爱而愉悦的岁月，心底有甘泉缓缓流过，不由微笑。文中所举的例子都是生活中毫不起眼的小事，却在平淡中蕴含着爱与温暖，不由感叹作者选材的眼光。

——宛泽评

路/何俊霖

幼时，在回家的路上，总会经过那片青石板铺成的小路。路很窄，两旁的银杏却盘虬卧龙般地奋发生长，荫庇整条小径。秋风萧瑟时，会有满地的金黄，发出咔嚓的脆响。

曾经的我，想过这样一个问题：路的尽头在哪里？

有人答：路的尽头就在前方。

而我说：路永远没有尽头，巷陌在下一个转角又会并入下一个巷陌，虽然名字变了，路却是永恒的，没有尽头。

从小便明白这样一个道理，却一直不敢往下发问，怕陷入一个无法解脱的黑洞。

而成长的路却从未停止，也未曾看到尽头。在这条路上，繁花盛开然后败落，再度盛开再度败落。

曾经的我幻想着一箫一剑走天涯，身旁依偎着一个赵敏那样聪慧的姑娘；更年少时，曾期望着哪一天能够接到一封猫头鹰叼来的信件，无畏地走入九又四分之三站台。可是这样看似单纯的想法，却被现实的大海冷冷浇灭：我不会吹箫也不会舞剑，更找不到妹子；鸟禽因为各种禽类流感让人敬而远之，无畏地撞墙会被别人冷眼相待。

直到那一日，与小伙伴们卧谈通宵达旦，听唐西芃学长讲祁连放马，深山修炼，鸟岛野营，沙漠骑行。夜已深，没有星空没有圆月，只有让人恐惧——把手放入天空的恐惧，学长的声音却仍旧铿锵，因为纵使这段经历有人们的质疑，有难以言说的苦楚、寂寞，他却一直追随着内心，从未后悔。听着听着，眼眶里竟有了泪水，少年的心再次燃烧，小宇宙被花火照亮。忽然发现十六年，自己在意的太多，失去的太多，在内心被猛烈撞击的同时才自己想起最想走的路。人生难得，浮生若梦，其乐几何？纵使死后只有天堂而无地狱，人生却本已注定苦短。世间的功名利禄不过是人生的包装纸，若无内心的坚守，越是华丽的外衣却越是衬出内心的空虚。

当我还是个文青的时候，常常会引用《活着》里的各种句子，以骗取更高的分数。当这个假期再次翻开这本书的时候却感慨老人所走的路。年轻时荣华富贵，吃喝嫖赌，奢靡放荡；中年时家境萎靡，充军入伍，丧妻丧子；年老时，子嗣全亡，只有一头老黄牛与之相伴；再后来，连老牛也不堪重负地倒下。老人的人生路越来越颠簸，越来越曲折，人们感慨于他的不幸，他却在一次又一次悲痛中越来越看清世间。或许我的路也应该追寻自己的内心去走，即使不能品尝人间百味，世态炎凉，也可以看我想看的风景，在浪花盛开的海湾躺下。

记得某节语文课老师谈及出世与入世的问题，老潘说：“出世与入世取决于对世界的贡献哪个更大”，丰兄说“要入世，因为只有入世才能载入史册，为后人所铭记”。此时再次想起这个问题，觉得轻松不少，出世也好，入世也罢，只要追寻自己的内心之路，便不会迷失方向。

读罢如此文艺的一篇文章，我深深感受到了作者文青的内心……每个人都有年少憧憬的时光，有一把剑，一管箫，有出世之愿，可是却总在各种放不开的牵绊中暂且忘记无论如何也无法真正忘掉的曾经的梦想。每个人都曾有一腔豪情，但又有多少豪情能冲破云霄，纵马高歌，浪潮滔滔笑红尘，清风惹寂寥。最终我们还是入世，在一次又一次的悲痛中寻求心灵的清明，一花一世界，一念一清静，其实入世也是人生的修行，不迷失，就够了。

——天莺评

夜与窗 / 胡嘉鑫

窗是夜的眼睛，请让我透过你的眼睛，眺望黎明。

——题记

又一次，当你用上帝创造世界的时间长度透支了一遍老去的时光后，早已是迫不及待地想要迎接第七日的休息。

暮色四合，抬眼是街道上灯火辉煌。“车如流水，马如游龙。”但热闹是他们的，与你无关。回到寝室，你拥有的不过是一角四方的苍茫天空，还被染成红色的楼房割得七零八落。

白天会自然而然地掩盖许多专属自我的感受，只有当无边的夜色降临时，淡淡的孤独和寂寞方才回到当下的感觉系统中来。从头到脚刻骨铭心，然后陨落，遗忘。

夜是盲目的，你拉下窗帘后，睁眼合眼便如出一辙，像封闭的地窖，又像上锁的水牢，更像密不透风的毒气室，是纯粹的黑，所以无处可逃。点起总会无限暗淡下去的应急灯光，瞥见窗框撑起的靛蓝色布绒帘子，轻轻撩动如同少女的百褶裙——晚风怕也是有欲念无处排解吧？

隐隐约约浮起的窗外的灯光，如同喂给小婴儿的糖水，害怕太甜，又兑了点白开水的味道。平静如湖。

忽然“呼”的一声，你感到心跳似乎漏了一拍，下意识奔向窗外，入眼却是满溢的烟花的跫音。

那是东风夜放的花千树。更吹落，星如雨。是宝马雕车还有香满路。凤箫声动，玉壶光转，是一夜的鱼龙舞！

掺了白开水的糖水又被撒进一把晶莹的糖粉，少女的裙摆行将舞动！

它是携着彩礼而来的，五颜六色，照亮黑色的河岸，是新娘手中的捧花，是白色羽翼划破夜空的猫头鹰，是你十一岁时收到魔法世界来信的惊呼！

像非洲大地上干渴的孩子忽然寻得一处水源一般，欢呼雀跃，手舞足蹈，龟裂的嘴唇于是像龟裂的大地一样咧开，鲜红炽热的血液被咽下，继而露出洁白整齐的牙齿！

这是与生俱来的原始欲念——渴望食物，渴望安全，渴望爱与被爱。然而于那枯黄到世界尽头的沙漠而言，你所渴望的一切，呐喊的飞声，通过干瘪的空气颗粒向远处传递，却收不到回音。明明存在，却只抓得住一手虚无。你感到这声音之微弱，这肉体之渺小，微不足道。

所以小小的烟花，它也炸不开黢黑的天际。就像北极星是永恒的象征，而你在这块肥沃的成都平原上，只能遇见永恒的失落与迷茫，短暂宁静。

你猛然回过头去，像是终于意识到什么似的，想要抓住哪怕只是一瞬的永恒——而烟火并未如期而至。只余了空寂的回声，在失落的瞳孔中放大，放大。窗棂泛起原木的棕黄，而夜色，阒静如斯。

糖水蜜甜的余味在脑中挥发，裙摆落地成一个华丽圆圈。精致静止。

你呆愣愣守着窗户，守着窗户痴痴望着，痴痴望着不知是什么。良久，脖颈都已麻木，当你想要回头再将目光移开，却只听得床板一声“吱呀”的回应。“连语言都应当舍弃，你我之间，只有干净的缄默，与存在。”你将孤单的背轻轻靠上去，悄然熄灭桌上如豆的灯光。

夜色已深，你看不见鸽群，自然也看不见倦鸟，它们都已归巢。

热闹与喧嚣也终于静止，你将靛蓝窗帘“啪”地拉上，再无意听夜对窗的呓语。

你，期待黎明。

整篇文章都像是在墨水中浸过一般，有着一股若有若无的压抑和哀伤。一片绚烂的烟花划过，又像是在灰黑色的白纸上肆意地泼上了一片鲜红，好像是打破黑暗，不过平复泼洒的快感后在纸上看到的那黑红的一片却也是刺眼而带着忧郁。所有的一切都需要黎明的到来，才能真正苏醒，欢快一幅伤感的画作的唯一办法，只有换一张白纸重新开始。我们，都需要黎明。

——思成评

我对你的爱有多深/王紫剑

当我正吹着空调，在电灯下享受着现代社会的文明成果时，刹那间，灯灭了，空调停了，你走了。

你悄悄地走了，正如你悄悄地来，但却带走了一屋的光明，招来了滚滚热浪。空调也好像吃惊得闭不上嘴，不过他已发不出声音，只能张着大大的嘴，无声地控诉。我在一个个房间中寻觅你的踪迹，希望这只是一个小小的玩笑，你只是背着我逃到了另一个房间。好吧，你赢了，我找不到你了。

我内心充满不甘与烦恼，好久好久以前，你就成了我生命中的一部分，还是难以分割的那一部分。不论我在哪里，有你陪伴总是称心如意。当我无聊时，你体贴地打开电脑；当我兴奋时，你放上CD，助我高歌一曲；当我口渴时，你又打开榨汁机，送上鲜美的果汁；当我汗流浃背时，你还会打开热水器，冲走我一身的倦怠。我怎能离开你？

难道说你早已忘了这些欢乐的回忆，还是你记得但它们不足以让你留下？没有你的日子里，连钟表也迟钝了脚步，好像一个老人颤巍巍地踽踽独行。

你以前也曾经离去，理由是检修线路。那也是一个酷热的夏天。本以为你再忙，两三天也就回来了。可这个城郊的角落似乎被人忘却，连上帝也听不见我的祷告。你走了，让世界似乎倒退了三千年，一切娱乐活动也只好停止——就好像为你的离去而哀悼。

记得那段日子里，出门上补习班也成了享受——好歹有空调抚慰我受伤的心灵。回家以后又急想着上商场躲避夏日的魔掌。

没有你的家是不完整的家，让人一刻也待不下去，你快回来吧。

也许你在怨我住在市郊，你来这儿不方便？没办法，俺成绩不好，暑假也得惨兮兮地补课。唉，也怪这些吃葡萄不吐葡萄皮的垄断公司，一个破线路也检修大半个月，还免费赠送广大劳苦群众酷热夏日体验券。

上次是检修线路，这次呢，你又丢下我，连声招呼也不打，难道说又要我独守空房，体会夏天的“热”情？

窗外的热浪又滚滚而来，夏天又嚣张地发来战书。有你在的日子，征服它还不是分分钟的事？可我失去了你，又能坚守几日呢？

当我拥有你的时候，却不知珍惜，只是心安理得地享用甚至浪费你，如今只能傻傻地渴求后悔药。人果然是犯贱，只有橱窗里的烤鸡才最美味，却忘了自己其实早有一盘，而不知珍惜。不行，我不要做这样的人。求你了——电，回来吧，我的生活经不起停电。

我现在只想对你说三个字：“我爱你！”

如果加上一个期限，我希望是一万年。

用第二人称来写，强烈地抒发了作者对电的浓浓思念和热切渴求，让此刻坐在空调房里的我不由得对作者充满了同情。作者语言风趣、发自肺腑，直到最后才揭示“你”是电。希望作者早日拥有失而复得的喜悦，有了这番情谊，电，总会来的……

——惠文评 

当世界在睡觉/刘二源

不再回头的
不只是古老的辰光
也不只是那些个夜晚的
星群和月亮

后山的林中，桐花终于落尽，相思树也从漫山遍野的金黄复归于灰绿。初夏的夜晚，空气中弥漫着夏日独有的气息。

世界睡了，沉睡在这初夏的午夜。那从来不肯完整现身却又时时盘踞在我灵魂深处的希望与憧憬却在这梦醒时分熊熊燃烧着，让我回到了初春的山林间，在七里香的簇拥下，忧来无方，一时连自己也不能抑制和无从厘清啊！

无须睁眼，我也能感受到黑夜正在无形中一点一点地侵蚀着我的堡垒。不知为什么，人在黑夜中总会变得格外的脆弱。白天好不容易垒起的坚强总会在这时被黑夜侵蚀得一干二净。所有的情绪都会毫无保留地爆发出来，好在黑夜能不分青红皂白地替一切行为做掩护。

那年初春，在那个湖畔的亭子里，我撒下了我梦想的种子，从此踏上了一段追梦的征程。一路上我尝尽了酸甜苦辣，受尽了挫折与成功的折磨与考验。那段日子，却是我人生中最灿烂的一段时光。那时我为着梦想不断奋斗，亲眼见证了希望的火苗一天天愈来愈旺，愈来愈耀眼……

“那一朵，还没开过就枯萎了的花，和那样仓促的一个夏季；那一张，还没着色就废弃了的画，和那样不经心的一次别离。”我想，也许很少有人感受到过那种梦想被硬生生地掐断的痛楚。那种痛不欲生的感觉，让人仿佛觉得生命的意义都不复存在了。

在那个盛夏，由于种种原因，我不得不离开了那个梦想开始的地方。我原本可以反抗，但我没有。也许别人会认为我很懦弱，认为我对梦想还不够执着。事实上，我并没有放弃。我清楚地知道，我之所以放弃梦想，是因为我现有的能力还不够。在接下来的日子里，我一定会加倍努力，直到我有资格再次站上那个高度！

即使，这条道路格外的艰辛。只有我一个人在孤军奋战！

在这条通往梦想的道路上，全世界都在睡觉，只有我一个人醒着。难以名状的孤独与恐惧不断地冲击着我的防线，所有的泪水都只能往肚子里吞。这是一条难以坚持下去的道路，一路上都充满了挑战。但我还年轻，还有精力放手一搏，此时不搏更待何时？

此时此刻，不论是现实中的世界，抑或是我内心的世界，都陷入了沉睡。只有我还醒着，享受着这黑暗中与一丁点儿火星做伴的孤独。这孤独却并不可怕，因为只有在这时，我才能让那颗在阳光下浮躁的心沉静下来，沉淀出哲思的精髓。

世间的许多事也大抵如此吧，每个人在一生中都不得不经历孤军奋战的时候，全世界都睡着了的时候，只得一人默默地忍受孤独。但这也许并不是一件坏事——孤独能让我们静下心来独立思考，让我们领悟到那在尘世的喧嚣中无法到达的境界。

当世界在睡觉，
我们却醒着，
享受着这难得的孤独，
深陷于沉思中，
沉淀出灿烂的人生！

很喜欢作者的文字风格，一种安静而意蕴深长，淡淡忧伤与坚实信念相交织，让人哀伤却并不阴郁的魅力。本文对于“世界在睡觉”的诠释十分精妙，既是用它来渲染寂静和回忆的淡淡哀伤，将读者自然地带入作者的心灵世界，又用它来象征自己的孤独，并反衬出自己的清醒和追求梦想的不灭热情。

——妙然评

向文学敞开心扉/肖楷

如果我所有的思想都要有所寄托，如果我所有的心声都要有所共鸣，如果我所有的行为都要有所依靠，那么，我一定会不假思索地、毫不犹豫并且坚定不移地把自己的一切的一切都托付给我这位结识多年的、整日形影不离的知音——文学。

你也许会说：“文学者，莫过于一本书、几篇枯燥的文章、百把首过时的诗词以及让人头昏脑涨的几册文言，仅此而已罢了。”

非也。——当你品读着一篇优美的文学作品，难道没有感觉到自己怦怦的心跳？难道你没发现每一个字，都是活生生的而有独特的美的生命在对你绽开笑脸？难道，你触摸不到他富有规律的脉动，就如新生儿那呼吸的旋律，就如处子最柔嫩的肌肤？甚至，你不能嗅到他溢出的芳香，就如茉莉那般淡雅高洁？

从古至今，与文学交友，痴迷于文学，把文学作为自己生命的人比比皆是。

还记得“本是同根生，相煎何太急”的诗句吗？曹植是三国时著名的才子，闻名天下的《洛神赋》就出自其手。曹植一生酷爱诗赋，可谓如痴如醉，举觞赋诗是他生命中的一大快事。文学，让他的精神境界得到了升华，脱离了世俗。对于文学的热衷，淡化了他对名利的渴望，远离了皇位的纷争。

一位欲力挽狂澜于水火、拯救黎民于危难的南宋人，终生不得重用。风烛残年，他顿感自己身处于混沌之中，报国无门，人已鬓发苍苍矣。他将文学注入自己的灵魂，诗歌成为他精神最好的载体。弥留之际，他吟出：

“王师北定中原日，家祭无忘告乃翁。”

——是的，他就是陆游，一位把自己一生的壮志都托付给文学的爱国诗人。

古人尚且如此，今人岂甘落后？我视文学为自己的知音，自然以她为荣，但却始终没有悟出她的真谛。

前几日，和邓博文闲聊时，惊愕地发现他古诗功底十分了得，竟然能够出口成诗。我试图以诗对之，却一会儿便败下阵来。

“你刚刚所对之诗都是语文书上的，实在不怎么精彩。”

“不知主席是如何做到出口成诗的？”

“你应注重文学素养，而非语文课本。文学素养，内涵十分丰富。大到吟诗作赋，小到人际交往，都是文学素养。文学素养是文学赋予你的一种精神，一种思想，一种处世的方法，也是你修养与才气的来源，是对生活的感知和对生命的理解。”

好一场劲风，干净彻底地吹散了我心头的迷雾！

——与文学交友，这并没错，但这位朋友并不好交。李白、杜甫、李清照……他们的确是文学的顶尖高手，但付出的努力无疑也是巨大的。

文学源于生活，又融入了生活。要与文学交友，刻意地雕刻无用，要培养对生活的情感。

在我眼中，夏天的雷雨是自然的怒吼，晚秋的大雁是游子的相思，照明的蜡烛是含泪的奉献！还记得《山中访友》吗？作者把群山、飞鸟、树木、花草、河流、青石，都视为自己的朋友，这是怎样的胸怀，又是对生活怎样的感知？把自己融入生活，心灵便会得到洗礼，接受蜕变，对生活便会有情感。文学就是生活。热爱生活，对生活的感悟，就是文学最重要的素养。

当你敞开胸怀，拥抱文学，她也会将你搂入怀中。如果你和文学成为一对知音，那么久而久之，你就会悄悄地发生蜕变。

前不久，我到香格里拉游览。普拉错国家公园是香格里拉最为著名的景点。远离城市的喧嚣，撇开夏日的酷暑，漫步于长长的栈道，耳畔回旋着冰清的溪流与翡翠般小石清脆的碰击声，溪中微生物数不胜数，溪岸水草密处蓬勃，稀处婀娜，时有松鼠，耸着浓密的毛发，笨拙地在脚下窜来窜去。人与自然，在这一刻巧妙融合，我不禁驻足，用笔记录下我此时的感受。用文字来使美妙的一瞬间凝固，让所有的快乐、感悟、惊诧都在笔尖上跳跃，这也许就是文学带给我的变化。

至此，我要感谢邓博文。他的一番话让我醒悟：对文学，既然我喜爱，既然她是我的知音，我将把一切都托付给她，并向她敞开心扉！

作者在文字间流露出的对文学的喜爱和对其内涵的深刻理解让人感动。文章开头即可攫住人心，前半部分援引历史名人之例阐述文学的魅力，思路清晰，中间以与同学聊天将话题引到自己身上，十分自然巧妙，后半部分当是本文的出彩之处，将文学的内涵从文字拓宽到对生活的感悟上，也使本文的主题变得实在而亲切可感，比单纯的高谈阔论高明得多，让人眼前一亮。

——妙然评 

风雨中的舞蹈/李宛泽

妈妈买回一盆三角梅。

虽然它有一个“金斑大红三角梅”这样威武的名字，可它却令我大大地失望。我花了许久时间，才把它从迎春花杜鹃花金盏菊郁金香这般姹紫嫣红的花中翻出来，替它换上崭新的瓷盆，可它仍是最不起眼的。在新生的暖洋洋的春意里，它丝毫没有一点欢喜的意味，只是阴着脸，倚在冰冷的角落里，肥壮的枝条粗鲁地攀在铁栅栏上，遮住了本就稀少的阳光，原应开着艳红花瓣的地方被灰绿的大圆叶强占了，好似无数双蒙着白翳的眼睛，狠狠地瞪着海棠玉兰们的纤纤细腰。

我总觉得这样一盆阴沉沉的植物煞败了窗台生机盎然的风景，可总不能就这样弃之不顾吧。也许开了花就会有所不同了，我心里暗想。

于是我便等着，等到寒意阑珊，娇嫩的桃花开遍了山野，迁徙的燕子筑起爱巢，三角梅才慢悠悠地绽放出第一朵花。此时它的藤条已牢牢地缠住了半边栏杆，新生的枝条摇摇欲坠地向窗外探去，固执地攫取着微风里的一点暖阳，而那第一朵花，便张开在栏外太阳升起的地方，每每阳光照过，便显出它金丝般细密的脉络。但它仍是毫不起眼的，比起迎春花的烂漫，海棠的艳丽，桃花的娇羞，三角梅似叶非叶的花瓣显得那样孤僻而不合群，深红深红的颜色也未显出一点亮丽，只是一味地深，远远望去，寻不见花的影子。

我看得出其他花们有些不满，明明如此阴沉，却为何要霸占大片大片的阳光呢？简直浪费了这微黄的温暖。

彼时我还不知，现在的三角梅，还是穿着破鞋子的灰姑娘，正等着那皇宫的舞会，等着换上比星光还璀璨的水晶鞋。

三角梅的舞会始于那场大雨。

饥渴已久的大地迎来了甘霖，万物欢腾。

雨点紧锣密鼓地敲打在没有雨棚庇护的三角梅上，让它疯狂地摇曳起来。含羞未绽的花苞被雨点逼迫着露出原形，新生的花瓣翻飞而出，嫩黄的花蕊勇敢地抬起头，积蓄了许久的深红同尘埃被大雨洗刷得干干净净，显出一点剔透的红水晶的味道。繁复的脉络此时迸发出惊人的力量，它如同一张细密的小网，将那一抹想要跃出的嫣红死死笼住。而那些已盛开了的花朵早已被大雨抹去了原有的形状，眼前只有漫无边际的纯粹的红，在黑褐枝条上跳跃着，燃烧着，似舞女摆动的裙裾，又似蝴蝶翩翩。

栏外有佳人，一舞倾人城，再舞倾人国。

雨越下越大，却没能给三角梅一点挫败，只使它舞得更激烈，更入迷。叶子被打掉了，不怕；花瓣破碎了，不怕。它只是想跳舞，像格林童话里那只神秘的舞鞋，永不停歇。

谁能想象，这纤弱的枝条，竟能在暴风雨中舞出如此飒爽的英姿！

这样一株植物，平日里太过霸道丑陋，这时又太过艳丽嚣张，全然不似中国传统的轻云蔽月，流风回雪，真真叫人无法评说。

可这又何妨！三角梅高昂起头，它向来这般肆意妄为。喜欢阳光，就去追寻阳光。纵使知道尘埃会掩住它的艳丽，暴风雨会将它打击得体无完肤，也依旧大胆地将枝条伸出铁栏。就算在这般的风雨中，它也依旧大笑着，斜眼看向那些畏缩于铁栏之内的花草们，看着它们低垂的叶片，暗淡的色泽。它大笑着，嘲讽那些胆小的懦夫，既然不敢与暴雨共舞，就不要渴望阳光！

舞会已开始，灰姑娘穿着璀璨的水晶鞋，翩翩起舞。

每个人都有属于自己的时刻，雨中的三角梅亦是如此。再不起眼的枝条，一番洗礼后，俨然一派沙场将军的气势，谁能敌我的狂妄。语言富有表现力，将那暴风雨中的生命赋予奇幻的色彩，令人一惊。本文让三角梅唱出那首老歌“不经历风雨，怎能见彩虹”，使老歌的意蕴给人以生命的清新与明丽。

——梦卉评

宅/张潇月

最近一直没什么干劲，过着颠三倒四不分白天黑夜的生活。早上起床刷刷新闻以及各大社交网络，差不多也就准备洗洗吃午饭了。强烈感觉到宅在家里是多么无趣，没有社交活动的日常就像一潭死水，想起来都想吐。但这样的生活偏偏又是一个怪圈，因为大多数死宅都明白好像不应该继续宅下去，可有什么办法呢，宅本身就是一个圈，而广漠的二次元又是如此逼死三次元一般的美好。

可这又偏偏是一个多事之秋。

每天刷新闻都是些娱乐圈的无趣花边，但那么一瞬间就被春城霸屏了，连篇报道和真真假假的“有待证实”的消息，让缩在被窝里盯紧手机屏幕的我背上一股冷汗，总感觉与骚乱相隔千里（其实并没有）相比，我这种没有价值的死循环生活是一种罪过。不过理论上来说凡事终会平息，宅了那么久的我也不要脸地继续宅了下去，只是天天刷新闻，看看最新进展。然后又是那么一瞬间，MH370又刷满了所有我能见到的首页。分分钟地刷新新闻，看着每一天上午各国的各种靠谱与不靠谱的发现以及每天下午某国的“×方发表记者会声明，××××消息并不属实，目前马航MH370的下落尚不能确认”。每天看到这些背后就是一股冷汗，一种莫名的罪恶感总会升起，并以一种神奇的方式使人继续宅下去，就好像每一秒突破怪圈的力量就会减下一分，而突破不了怪圈，时间又会一分一秒走下去。等死。

其实说浅点，这纯粹是懒罢了。但说得深一点，这其实是对现实的迷茫。

每次看到各种新闻，总感觉自己该做点什么，但反过来想，自己做了什么一点用都没有。特别是当一个人脱离集体之后，所有感官都好像钝掉了，不管是开挂学习十一个小时也好，还是做到整整一天不起床也好，对于现实好像也没有什么区别，因为眼前没有人和你在比，你的成就也不会有多少人看见。这样一来，生活好像也没什么大不了，那干脆就按舒服的来。这样想想，短期来说貌似也没什么不对。之后又是在无限刷屏之中，心血来潮地看了下TED演讲。Ric Elias经历了一次坠机，他学到了三件事：1. It all changes in an instant. 2. He has lived a good but rather egoistical life. 3. He should have been a better father. 我想：是呀，it all changes in an instant。不过那又怎样呢。

终于，某一天在春熙路附近时，有人说春熙路砍人了，瞬间感觉：好吧中奖了。其实当时也离得不太近，不过总还是有一种：啊，it all changes in an instant的感觉。之后知道了这纯粹是造谣，不过回家时还是感觉坐一次地铁都那么美好，每在地上蹦跶一步就又那么快快乐乐地多活了一秒。最后的高潮是，我的手机被人偷了。从此，再也没有社交网络好刷，再也没有起床的机械刷屏。哎，谁叫你作呢。

不过这一切的一切也不知道是老天爷给我的残忍的启示呢还是纯粹是我个人作死，总而言之，怪圈被发现了一个突破口，搞得我一个激灵就跳出了圈外。

现在反过来想想宅的日子，其实还是人们的一个普遍潜意识：没有回应就没有价值。雷锋的日记（他居然写日记）没被发现，讲的笑话明明很好笑却冷了场，好像对个人来讲就没什么意义了。不过生活的美好就在于人与生活本身就是价值，我讲的笑话你不笑吧，screw you，我的笑话还是点赞的。只有当一个人真正意识到事物本身的价值，也许才是一切脱宅与乐观向上的开端。

说了这么多，无非是想论证一下生活的价值，而真正的生活以及与之相关的人的个体，本来就很美。

作为一位即将出国，正积极努力为托福和SAT考试做准备的学生，作者用聊天的方式把生活中的困惑和感悟，以及人与人之间那种割舍不断的联系娓娓道来。反映了她近一段时间的生存状态，在紧张忙碌的复习中，自我调适，忙中偷乐，以及用心体悟生活的一颗真诚的心。语言轻松，流畅，自然，毫不做作。

——梦卉评 

溯洄而上的坚持/王楚夷

如果希冀那一抹粉红的云彩，是否能坚持在稀薄的大气中游翔？如果栈恋那一块发光的宝石，是否能坚持在深暗的地洞中摸索？如果渴求那一丛苍苍蒹葭，是否能坚持溯洄而上？

溯洄而上的坚持，是浪花飞溅中一挥汗水的潇洒，是旋涡激流中奋力划桨的勇气，是隐晦天穹下执着追求的信念。

也许，在青白色单调的溯洄中，挥桨的手倦怠了，你开始怀念下游姹紫嫣红的繁华；也许，在千篇一律的哗哗声中，进取之心开始麻木，你开始贪图下游繁弦急管的热闹。也许，你不再想坚持下去，可是没有溯洄而上的坚持，又怎会柳暗花明又一村？达摩面壁十三年，他忍受了耳边空落落的死寂，守住了眼前灰蒙蒙的白墙，因为他心中牵着不断的信念。当日光四千多次投照在这堵墙上，当他坚持的禅心在壁上留下灵魂的影像，他抓到了他生命中的蒹葭。达摩的禅语，千古不变地映照在那一方墙幕上，永恒的暗影，是光与年的见证，凝结着溯洄而上的坚持。

如果没有坚持，白墙依然是白墙，流走的光阴将永远湮没于滚滚红尘；如果没有坚持，一切努力将付诸东流。溯洄而上吧，用心灵坚守寂寞，坚持追求生命的蒹葭。

溯洄而上的途中，也许，渔人的歌橹问答会消磨你的斗志，你会流连于泊舟醉酒的闲适；也许，邻船舱中的篝火会点燃你的尘心，你会沉迷于望月酣眠的怡然。也许，你不再能坚持下去。可没有溯洄而上的坚持，怎么会见到彼岸的灯火楼台？释迦牟尼摈弃俗世荣华，摘却金冠，只身苦练于菩提树下，王袍的华美，珠玉的光芒不曾动摇他的执着。当淡黄的菩提花瓣第六次纷纷洒落他的肩头，当春风秋雨第六轮对他进行洗礼，他抓到了生命中的蒹葭。释迦牟尼修得正果，终成大觉，雨露风霜可以佐证他的决心，花草树木可以共鉴他溯洄而上的坚持。

如果没有坚持，菩提永远无名，金土权杖终会在轮回的铁蹄下粉碎；如果没有坚持，只留下江上残破的敝舟。溯洄而上吧，用决心抵住诱惑，坚持追求生命的蒹葭。

溯洄而上，为心中一丛纯白的蒹葭，耐住寂寞，抵住诱惑。坚持手中那支船桨，你终会划开那一方雾霭，寻到梦寐中的净土。溯洄而上的坚持，使梦想不再宛在水中央，溯洄而上的坚持，引你追寻那丛生命的蒹葭。

本文文笔优美，大气之中又见细腻，韵味无穷，尤其是对诗经《蒹葭》的化用，内涵丰富而又贴切自然，实为点睛之笔，整篇文章一气呵成，情感丰富，具有极强的渲染力。只是作为一篇议论文，议论的力度稍显弱了一些。

——宛泽评

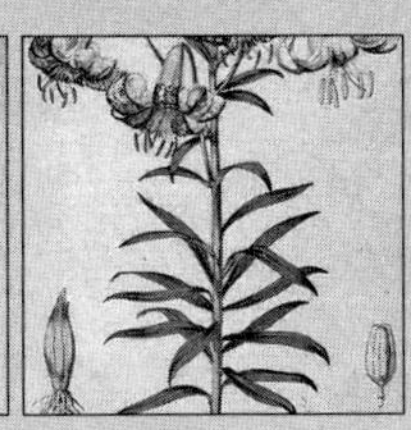

乡情悠悠

故乡是我们魂牵梦萦的地方，那里有我们的生命之根。我们都是故乡的孩子。

故乡的水，喂养了我们，使我们有水的柔善；故乡的山，熏染了我们，使我们有山的刚毅。

无论我们身系何处，无论我们心在那里，都斩不断对故乡的情思。

我们常想去拜访故乡的天空，和故乡的小河对话，与故乡的麦子交谈，让故乡的太阳照亮我们灰暗的心情。

回　家/赖雨琦

昏黑的夜里，火车上的人都坠入了各色梦中，一切都是那么宁静，只听见一阵阵沉重的呼噜声，还有火车那“轰隆轰隆”坚定的脚步声，让人感到温暖和心安。我趴在卧铺上，呆呆地向外望去，整个世界像被墨水浸泡过一样的黑，只能看见那沉睡的怪兽般的高大山脉飞快地向后退去，偶尔会闪过一两星微弱的灯光，像是这无尽的黑暗中窄小的通往光明的出口。一轮明月悬于空中，微笑着俯视人间，仿佛在告诉行路的人它会一直陪伴着他们。看着这皎洁的明月，我不禁浮想联翩：月宫中的嫦娥，是否也在思念那个自己曾迫切想离开的家呢？

我想，她一定是想家的，就和我一样。去年这个时候，我也曾像这样躺在火车上，怀着激动的心情，彻夜难眠，所不同的是，那时火车头的方向与如今完全相反。那时的我，是多么想离开家呀，离开这个“鬼地方”，去到另一个完全不同的地方。我想离开那每天都会高悬在你头顶的灼热的太阳，离开那永远蓝得晃眼的天空，离开那些鬼魅般的永远在前方等待着你的山坡……我想象着以后的生活，内心一阵雀跃。

可是，当我真的离开家之后，我才明白，也许有的东西我的确不喜欢，但是，它们早已经深深地镌刻在我的生命中，永远无法抹去。过去我常常咒骂那永远明亮而湛蓝的天空，可是，离家以后，我才发现，那样的天空，比起那种总像铺满了发霉的棉花的天空，实在是好了太多。白天，看着仿佛没有尽头的平原上的高楼大厦，那座峡谷中依山而建的城市便会猛然跃入我的心头。而夜里，金沙江那雄浑的前进声似乎总在我梦里徘徊……

以前我总是想，外面的世界那么好，以后我若出去了便一定不会再回来。可是，离开以后，我反而前所未有地想念家中的一切。我想，我就是一棵树，在这里发芽、生长，因此，无论我的枝叶长得有多繁茂，伸得有多远，我的根始终在这里，永远也不会离开，它就像一根线一样，牵着我的心，告诉我，我在这里有一个家。

火车依旧奔跑着，不时唱出一两声尖锐而高亢的调子。我想象着家中那扇亮着橘黄色灯光的窗户正在一寸一寸地向我靠近，心中不禁升腾起一阵暖意。

攀枝花——我的家！

回家，真好。

作者的思绪随着火车的轨迹从现在回到一年前，这一路“轰隆轰隆”的声音——平时让人感到厌烦的噪音，如今听起来是那样的亲切，因为它触动了心中最温暖的角落，唤起了“我”回家的感觉。

——梦卉评 

我走在同样的路上/王安然

离开太久，久到打开车门那一刻铺天盖地的闷热竟在意料之外，突如其来；久到简单一餐牛肉小面也如盛宴叫我垂涎；久到每一寸日光每一缕空气都刺激着末梢神经。这会儿想来，也不过半年而已。

怀揣着漫溢的思愁无处宣泄，只好转作甚难餍足的食欲。如果不是因为电子秤上的数字足够触目惊心，我决不会萌生“放弃家里的晚饭出门溜达”这种愚昧可笑的念头。

傍晚六时，太阳抛下几多余光，热浪仍在人海中翻腾，迟到的风稍能缓解人心的烦躁，却不过杯水车薪。我任凭双腿，漫无目的地晃荡。

绕过人头攒动的商业片区，穿过吆喝叫卖的菜市小巷，跨过车流不止的三岔路口，我又踏上了那座桥。

桥是幼时每日必经之路。清晨它甩开身后成排的楼房，让清润的河风拂醒那倚靠在车窗上昏昏欲睡的小孩；向晚它撇下对岸不息的喧嚣，让妖娆的余霞把时光揉碎打磨，涂抹在归人的脸颊上。桥上碧空无瑕，桥下静水流深。我执拗地认为这是世间最宽最长的桥，你看吧，我走了十二年，才走出这座桥。

可那一座德高望重的老桥，经不起日益增多的车流，早已变为单行道，还有那各处新修的楼盘笑脸盈盈道：这是你的家乡。

路过垂钓闲谈的老翁，朝着那方青山横断，转角绿树成荫，好久不见桥的这边。

搬家三年，我与这里数次“擦肩而过”却“形同陌路”。巷口修鞋的爷爷的头依旧深埋，娴熟地医治手里的“病患”；楼下卖油茶的奶奶坐在店口与旁人寒暄，油茶糊的浓香一如既往使我驻足流连；家里养着三只捣蛋狗的阿姨，准又在叉着腰叨唠。我攀上一级级楼梯，斑驳的墙又被贴上恼人的广告；邻居帮忙照料的顶层花园里，残荷下小龟逍遥。这里才是我的家，你看吧，那幅没头没脑的简笔画，还高高挂在门房上。

可那紧闭的大门，它或许已经忘却了眼前这个少年，按响喑哑的门铃后，探出的是写满陌生与惊疑的脸。

还有那从未结果的一藤葡萄，你如今去向何方？

我走在同样的路上，就像曾经一样。

日新月异的这片土地，它说这是我的家乡。

它说，这是我生长的地方。

一条路走了太久，终于走出，却又会在再踏足时怀念。走在同样的路上，身旁的风景却早已变了模样。日新月异的家乡再也不是曾经的面貌，土地变了，人，又何尝没有变。我也曾有幸走过那条作者走过的路，闻过老桥边湿润的河风，看过牛肉小面汤里漂浮的葱花，以及现在那一排排高高矗立的楼盘。无人说得清这变化究竟是对是错，只是对于曾在路上走过的我们，同样的路上再没有熟悉的风景。人面不复曾经，桃花也已枯萎，但这扇门，这条路，永远存在于记忆的流光中。

——天莺评 

最美不是下雨天/陆琬玥

外面刚下过雨，闷闷的空气被雨水淋湿，我极力呼吸清新的空气，像柔软的蚕蛹放肆地吐故纳新。

雨天是适合写诗的，可惜徒有一颗诗人的心，却不会写诗。雨总能勾起内心中特定的心绪，不管是忧是喜。自在飞花轻似梦，无边丝雨细如愁。

偶然想起那句歌词，最美的不是下雨天，是和你一起躲过雨的屋檐。想起杰伦多年前的电影《不能说的秘密》。伴随着方文山的素颜韵脚诗：

最美的不是下雨天，是和你一起躲过雨的屋檐。
最美的不是在海边，因为海风吹过有你在身边。
最美的不是回眸间，是一回头就看到你的笑脸。
最美的不是花海里，而是被蝴蝶深深吸引的你。

顿时有种青春微凉的感觉。

小时候的我一直都很固执，不喜欢打伞。喜欢温柔的细雨滴落进瞳孔，化作晶莹的目光。也曾在大雨倾盆的时候，狼狈地在雨中奔跑，湿了衣裳，脏了鞋，湿了头发，有种萧瑟的难过。后来，逐渐不记得为什么难过。只是清晰地记得，曾在雨中奔跑过，洗净岁月的尘埃，只觉是痛快的。

我这样想着，我在多少次雨中走过，一路泥泞，在我们的青春路上渲染，我想用来作画，最后发现无从下笔，踟蹰，彷徨，不是因为有着忧伤的脸，而是太过匆匆的日子不像雨，错过了这场还有下一场。回忆不像电影，忘记了还可以再次播放。

我逐渐成为一个恋旧的人，即使我很少有值得提及的往事。我依旧明白那些回忆在我心中所处的位置。我以为只要我不说，我不想，那些走过的路，说过的话，会渐渐消失在夜晚的背影里，会渐渐消失在清晨的第一缕阳光里，会隐秘在人群密集的城市里，最后消失在岁月的年轮里。后来才发现，我是一个真的恋旧的人。

譬如我听到那首我曾疯狂迷恋的歌，于是反复单曲循环，希望能知悉那时细微的心情。我看到似曾相识的场景，就浮现一张张脸，陌生而熟悉的脸。我拿着一堆失去原有功能的旧物，反复擦拭，不曾丢弃，尘埃里有记忆的味道，只是回忆不像古董，越久越有价值，弄不好反倒成了负担。

虽然只活了十六年，但大大小小的雨，仍经历了无数场，只是每一场雨里不再有曾经的身影。这里是南方，却不是江南，没有悠长的雨巷。这里不够繁华，却也找不到青瓦白墙的房子，接不到屋檐下带有青砖气味的晶莹的水滴。这是个连躲雨的屋檐都找不到的城市，我只能站在熙熙攘攘的街边，等出租车来的时候，狼狈地冲进车里，整理湿透的衣裳。不再是孩子的下雨天确乎已经不怎么美了。

我在这座城市，在细雨弥漫的傍晚，小心翼翼地踏着湿漉漉的地面，现在却撑起了伞。看灰白的天空晕染着冷漠的空气，走过市井小街，从烟火中从容地走出来。那些熟悉的人们在同一座城市不同的角落，形色匆匆地穿过人群，赶到家里吮吸一点温暖。不知道他们是否也如我一样不情愿地撑伞，雨从看不见的地方滴落在鼻尖，用手去触摸，很冰凉。我不是个凉薄的人。我如是地安慰自己——并不如成都灰蒙蒙的雨天。

于是不由回味起江南的那场雨。

杏花烟雨的街头，弥漫着一帘疏雨的芳香。

淡墨青山尽远天，暮霞还照紫添烟。

可这是刚入夜的成都，和任何一个城市没有什么不同。其实我也明白，它和任何一个夜晚都不同。即使日子再平淡无奇，它也是独一无二的。世界上没有两片一模一样的树叶，如同你我，即使再平凡，也不会有雷同。可即使是这样平凡的一刻，因为雨的存在，心中仍不禁波澜起伏。

有时，外面下着雨心却晴着；又有时，外面晴着心却下着雨。世界上许多东西在对比中让你品味。心晴的时候，雨也是晴；心雨的时候，晴也是雨。不过，无论什么样的故事，一逢上下雨便难忘。雨有一种神奇：它能弥漫成一种情调，浸润成一种氛围，镌刻成一种记忆。当然，有时也能瓢泼成一种灾难。

不知什么时候，我开始用他人的文字，杜撰自己的故事。

雨天或许就是这样，少年听雨歌楼上，红烛昏罗帐。壮年听雨客舟中，江阔云低，断雁叫西风。而今听雨僧庐下，鬓已星星也。悲欢离合总无情，一任阶前，点滴到天明。

我猜想着明天是雨天，是阴天，还是阳光正好呢。网上流行一句话，天气像女人一样善变，天气预报像男人一样不靠谱。也罢，不去想了。

不管是什么天气，我还是一样要过。

温柔地蘸满月华涂抹着雨的颜色，重彩而生。

本文似云南小镇质朴竹屋飘香的一杯清茶，雨帘将这缕飘香剪短又连上，恰似作者的思绪，顺着雨的影子，茶的清香，心的徘徊，在这青春的雨季中游荡。诗情画意般的语言，清新淡雅的文字，都把我们领回到默片时代若有若无的感叹中。

——梦卉评

温　馨/夏雪

一

当朝阳透过厚重的云层洒下第一缕碎金般的光芒时，她已经离开被窝，开始了忙碌的一天。当我们在生活老师的“千呼万唤”下“始起床”时，她已经用冷抹布在每座雕像上留下细密的水渍。当我们在林荫道上边揉着惺忪的睡眼边抱怨今天的课程时，她已细心地将路旁玻璃告示板上的蜘蛛网一一抹去。当老师学生们都在教学楼里，整个校园陷入一种难以言状的寂静时，她拿着一把笨拙的大扫把，一步一步地走在操场上，一圈一圈地扫着，唰唰，唰唰……

她是我们学校一名最普通的清洁工。她像一轮被风不停催促着转动的老水车，日夜不息。

当我疾步掠过她身旁，一个压瘪的易拉罐从她扫把的缝隙里滚落出来，滚到我的脚边。她弯下腰准备拾起，我却先她一步，捡起来丢进她的撮箕里。她一愣，随即冲我莞尔一笑，笑得那么温馨。

二

她是天桥上的一个小贩，守着一个小小的河粉摊。

傍晚六点，家家户户的厨房飘出油烟的时候，她便推着她的小推车走上天桥。夜晚十一点，大部分人都步入梦乡的时候，她头顶冰凉的夜色回家，踏碎一地的月光。她每天都把头发一丝不苟地梳成髻，穿一条洗得发白的牛仔裤，围一条满是油污的旧围裙。时间在她的脸上刻下纵横的沟壑，那里面，有琐事，有心事，有故事。她每天在这座城市最繁华的时段和地段，默无声息地演绎着自己的角色。

我每每补完课回家，都要经过她的摊位。照顾她的生意也好，照顾自己的肚子也好，我成了她小小摊位的常客。她记得我的偏好，照例熟练地拌着佐料，有一搭没一搭地同我攀谈。

“刚刚补完课回来吧，看把你馋得哟。”

“现在的小孩子都这么辛苦，但要是不好好读书，将来就只有和阿姨一样卖河粉啰。”

“我也有个女儿，和你一般大，也爱吃我做的河粉。她懂事得很，有空就跑过来帮我守摊位。”

……

我抬起头，灯光下看不大清楚她的表情，但我知道她心里一定很温馨。

三

她的工作日是我在家的周末，她的休息日是我在学校的时间。

她的工作简单而烦琐——将地板擦拭得能照出人影来，将家具抹得不沾一粒灰尘。

她总是能在我按响门铃之后以百米冲刺的速度奔到门边，将门打开一条缝，露出她涂满火山泥的脸并怪叫一声："拿命来！"

她经常问我晚上想吃什么，我若说凉拌鸡，那晚上出现在饭桌上的八九不离十是辣子鸡。

她和我一起看韩剧看言情小说，并对男女主角评头论足，时常会引申出一些深刻的人生哲理。

她能把探戈跳出秧歌的味道，并得意扬扬地问我是不是跳得很有风韵。

她在暑假露出尾巴的时候帮我赶写字帖（老师布置临帖的作业）。

她时常坐在午后的阳台上，膝盖上放一本书，安静的模样像一幅画。

她说，女孩子要多读书，多沉淀，才能拿得起放得下看得开。

她了解我所有的小心思，即使我一句话也没说。仿佛我们是开在一根花茎上的并蒂花。

她是我体内一半染色体的授予者，是我温馨的源头。

文章分别记叙三个生活中的小人物，以清新质朴，贴近生活的语言记录下点滴的温馨，令人动容。人与人之间的距离在这篇文章中拉近了，不免勾起读者内心中充满阳光的回忆。虽然人物普通，事件琐屑，但这份温暖和感动却是那样的甜蜜和美好。

——梦卉评

芳草戚/杨若浠

蜿蜒不断、巍峨险峻的高山包围着这座小村庄。

那重重叠叠的山路曾让这座村的村民认为，没有人可以走出这座大山。曾有人幻想过，一觉醒来发现自己躺在有空调有电视的精致水泥房里；也曾有人幻想过，一觉醒来遇见一位山中仙灵给自己施了法，然后自己轻盈如一根羽毛般飞出这座大山……匆匆岁月里，他们有着各式各样的幻想。

——但今天，一切都不一样了！那些只能供他们在梦里温习的场面，那些足以卷起他们心中狂涛巨浪的场面，竟真的来了！

破旧的木桥尽头，挤满的是本地朴素的村民——黝黑皮肤，皲裂手掌，擦出血丝的脚踝。那些佝偻的背影，是一棵棵尝尽沧桑的老树。站在人群中心的是一位青年，一位衣服打理得干干净净、一双眼炯炯地燃烧着火焰的青年。

很容易看出，他十分激动。

也不难看出，这支庞大的队伍是来给他送行的。他，是村里第一个大学生！第一个可以走出这座大山的人！是替所有乡亲父老圆梦的人！隔壁家的阿姨热情地递给他自家母鸡刚下的鲜鸡蛋。斜对面的大叔鲁莽地冲上去，将一大袋玉米扛上他的肩，而后又抱歉地笑笑……

终于，听到一声汽笛声。“城里的车来了！”人群欢呼道。

终于，青年就要出发了——带着父母的期望，带着乡亲们的嘱托，他和乡亲们硬是生生地将这半个小时过成了半个世纪。

他最后深情地回头一瞥，不远处茵茵芳草遍原野，碧绿之上是蓝得要溢出水的天，以及那一群正朝他用力挥手的亲人们。

然后，他毅然地转身，决心要闯出一片属于自己的新天地，来回报这里的人们。

并不是任何善良的愿望，都有美好的结果。

荏苒的光阴做着加速运动。

一转眼，十多年过去了。自从父母双双离世以后，他便很少再回到那片土地。

如今，他坐在酒柜旁，晕晕地沉醉着那些时光。刚上大学的时候——那时的他十八岁，正值血气方刚、指点江山的年华。可是，他却事事不顺心，他看惯了别人的白眼，听惯了别人的嘲讽。他把这一切都归咎于自己是个乡下人，他恨自己出生的那个虽然美丽但却落后的小山村，甚至那里的人。他发誓永远也不会再回到那个鬼地方。他很自卑，有时又很暴躁。他会与嘲笑他衣着褴褛的人打上一架，最后一个人舔舐伤口；会与随便舞文弄墨的人雄辩一场，最后一个人去跑步，释放愤怒；他还会离自己心爱的姑娘远远的，他怕自己太穷酸而被她看不起。

后来到该工作的年龄了，没有钱更没有任何背景与关系的他只能做一个小零工。他曾在最窘迫的时候卖过凉糕，在最寒冷的时候捡拾人家丢弃的衣服。数不清过了多少年，过人的才华终于得到认可，逼人的光芒从他破旧的衣裳中飞越而出，展露于世。

破败的回忆真是个神奇的东西，它能让人忧伤地庆幸。

如今的他，已成为传奇式的人物。

紧张严肃，讲节奏，更讲效率，会议室里气氛如是。

“杨总，我们食品部这次策划的主题是记忆中的故乡。俗话说落叶归根，我们这次就走深情路线，唤起消费者的思乡情结。茶叶啊、罐头啊都打上这个标签，顶畅销！”

“思乡？情结？换掉！”

“您可能对这个策划还不太了解……我再给您详细说明！”

“不用说了，散会！”

抓着外套健步如飞的他，与其说是冲出会议室，不如说是落荒而逃。思乡……他差点想不起这世上还有这种感情……可原来自己却把它藏到深不可测的地方。待会儿还要陪刘委员吃饭，还要陪打高尔夫，还要塞上厚厚的信封——他着实讨厌现在这样的生活！为什么钱越赚越多，自己却越来越郁闷？他在心中反省，眼前浮现出他常常参与的烟雾缭绕，美食满席，举杯畅饮的场面。大家称兄道弟，言不由衷，酒越喝越多，身子越来越飘。接着，又幻化出小时候他和小伙伴在故乡的小河捉螃蟹的场景，不一会儿又弥漫出他们一起偷煮竹筒饭的味道。最后蔓延开来的是他离开家乡那年那片蓝天白云下的幽幽芳草。

人原来真的会变成自己曾经最厌恶的样子。

故乡还会认识自己吗？而今连自己已认不出自己来。

又是一年芳草绿。

于是他开着车回到那个梦开始的地方，跌跌撞撞地走下车——那座小木桥已经被拆掉了。来来往往的大妈、追逐嬉戏的小孩纷纷停下脚步来观望他。原来已经没人认识他了，可是他曾经，是这里所有人的希望。

只有那片绿还在，那像是要吞没天际般无垠的绿，一直都还在。

终于，他情不自禁地哭得像个孩子，并想起为故乡和这里的人们做点什么。

我想说：首先，我爱12班和那些我遇到的你们！然后，这不是个新颖的故事，很老套的情节，只是我想用文字告诉大家一些东西：不忘初心，方得始终。我们会远走，会高飞，会为了生活戴上面具，但是别让世俗触碰到了内心最纯净的东西。学会坚守That’s it.

这篇小说中，作者匠心独运，以故乡那一片芳草为穿插在全文间的线索，描述了一个大学生走出落后荒僻的家乡，却在功成名就后发现自己最想念的还是那一片有着碧绿芳草的故乡。描写十分细腻，形象生动地刻画出他在乡亲送别时的激动与欣喜、在面对城里人时的自卑与愤懑、在面对故乡的逃避，种种矛盾心理真实动人，但最后，那一片碧绿的芳草让他回到了故乡，回到了最初的地方，也让我们看到了作者的良苦用心，明白了作者想告诉我们的东西。

——惠文评

风景这边独好/唐溪若

坐在高三校区的石凳上，感受那个特定的小花园内泥土味与青草味融合在一起再细细氤氲的气息，这气息飘忽于空中，让人清爽舒适。这春日里的空气，在一场大雨的洗礼过后淡去繁华与纤尘，显得格外清新宜人。更难得的，是静。傍晚七点过的城市原本是应该拉开了灯红酒绿的幕布，用笙歌去邀人迷乱的，但这里却偏偏静得只剩我一人似的。我便侧了头，四层楼的教室里，却明明白白地看得见，满是人。

我素来是极喜欢高三校区的，因为这里有最让人心静的气氛，记得每每我来到这里，便可求得内心的一片安稳，一片宁静。今天是特地来看望几个即将步入高考战场的学姐、学长——都是好几年的良师益友了。语罢话别，依依不舍后却又被这方院子缠住了脚步。

高三校区的院子一直是别有风味的，郁达夫愿用三分之一的寿命换北国一春，我对这里的热爱，亦可如此描绘。几个孤零零的小石凳，几棵叫不出名字的树，满眼无尽的绿，在这春日的傍晚，显得有几分寒碜的朴素。没有姹紫嫣红的花儿迷人眼，只是绿，却是绿得极有生机的。草虽然矮小却并不显得纤弱，相反是一种傲然的姿态，默默地不理会旁人，风来我就偏，雨打我就摇，但绝不倒下，也不会倒下。今日的一场雨，竟下出一番柔韧的姿态来。树也是笔直的，没有直刺云霄的霸气，却是默默地生长，默默地积蓄力量的样子。我不知道这里有没有人修剪，但叶子也是独特的，仿佛雨的冲洗竟将那嫩绿的颜色染浓了，是令人心安的墨绿。

为什么这里的颜色是如此单一？不！这是一种繁复之后的简单。这里只有洗尽了浮躁的风儿在吹拂。这个院子是通人性的，自知身在何处也就安静了下来，是极细碎的絮语，不敢大呼小叫。我心中暗想，身处这样一片景色之中，却可从这草的墨绿中折射出最辽阔的草原的影子，可从这叶的絮语中折射出最稳重的山的回音，甚至最广博的海的乐章。无疑，这些都能够给你最深沉的力量。

我喜欢高三校区这种四四方方却又通透的建筑风格。已经是晚自习了，我蹑手蹑脚地走在空无一人的走廊，透过半身高的窗户可以看见里面每一个人。我看见她在奋笔疾书，桌上的书堆仿佛要将她掩埋进去，瘦小的身影也被反衬得更加单薄，可不知为何，这单薄中却有着对梦想的坚定。我看见他把校服搭在椅背，格子衬衣不再归属于球场而是支了手斜斜地凝视着铺于桌上的题卷，一下，两下，三下，笔在缓慢地转动。还好，会心一笑便又一头扎了进去。这类似的画面，属于每一个奔波的高三学子，默默，还是默默，红红的标语贴在墙后，和它的语言一样有力量。你知否，每一个椅子上支撑的都是一个梦想和一个为之拼搏的人。

大厅里，上一届学长、学姐的辉煌是那样的诱人，状元榜永远空缺下一位，那大大的问号仿佛在问，会是那个奋笔疾书的她，还是那个专注的他呢？没人知晓，只有沉默与我形影相伴，整个高三陪我一起默默。电子红榜上励志的对联，宣传栏上张贴出文理前十名的名字，悄无声息地宣告他们的优秀与光明的未来。明天，我说明天，我的名字会在上面么？又是默默，沉默却不单薄。

倒计时指向，还有六十二天高考。

离开高三校区早已夜幕低垂，我回头望，这笼罩了静默氛围的校园却有一股不可忽视的力量，这力量源自那一排排亮起的白炽灯，源自那一个个奋笔疾书的身影。我倒并不觉得这里是暗无天日的地牢，是折损青春的围墙，相反却觉得是青春最美的勃发与张扬。一个人一辈子能够在这里，为了前途与理想，自愿放弃世俗的纠缠，自愿舍弃当下流行的红灯绿酒，默默地，以一株小草，一棵小树的身份，等待那繁华漫天的时刻。这，是一种怎样的力量！在这幢平凡的教学楼里，有多少学子在用辛劳、汗水铸造自己美好的未来？！

在高三校区，透过那平静下的热血涌动，我看见的是至真至美的青春的力量。不是用浪漫的故事，粉红色的泡泡构筑的童话，不是暗无天日的放纵与随意抛掷自己的年华，而是沉默着去积蓄改变人生的力量。

快了，还有一年，我便会来到这里，去洗礼，去体会这儿最美好的成人礼，去泅渡，去闯荡这青春与知识融汇的海洋。

我希望到那个时候，我也会会心一笑，说一句：

风景这边独好。

文章记述了作者在高三校区的独特感受。也许别人在这里感受到的是压力与焦躁，或者是无动于衷，而作者却享受着这里的一切。既是那份喧嚣中的宁静，也是奋力拼搏，无怨无悔的青春。文章视角、选材不落俗套，以细致的文字和敏锐的感觉，描绘出一道独特的风景。

——清漪评 

又是一年芳草绿/陈禧

春的枝蔓在你冬眠之时悄悄爬上围墙，不知不觉中，已将你的视线填满。“爬山虎绿了”，你笑着对我说。

我虽未能亲见，却凭着记忆将画面浮现：你站在窗台处刷牙，阳光从两点钟方向探进头来。你们互道早安，牙膏沫四处飞舞。正对着你的是一幢小灰楼，从来没有年轻过。我们所钟爱的爬山虎便伏在那小楼的墙上，尖梢处是嫩绿的新芽，稚气地在微风中摆动，恰如牙牙学语的幼儿，急切地感知着这个世界。

后来的你会听到一支歌，叫《春分》。一个清冽沙哑的女声唱：来啊 / 来看这春天 / 她只有一次啊 / 而秋天是假的/ 生活多遥远啊 / 你不要/ 不要脱下冬的衣裳 / 你可知/ 春天如此短暂 / 她一去就不再来。快，背上你的书包，跑过那长长的河堤，去捕获摇曳于柳枝间稍纵即逝的密语，那里面有春的秘密。

当我埋首于茫茫题海中，对于春的渴念便愈加深了。偶抬首瞅见窗外乔木上琳琅着的排排新叶，将那衰败的灰绿老叶硬生生地挤了下去，就想要隔空朝你喊：快来看这春天啊！你或许正在用两支笔自导自演着格林童话，冥冥中会抬起那么一下头，听见窗外的鸟鸣。

于是我们隔着寥寥数年，建立了某种联系。

你用妈妈的调味瓶收集清明的雨露，我挂上耳机漫步在没有柳树但花团锦簇的锦江河畔；

你因不愿洗被春风沐浴过的长发，在客厅和外婆玩逮猫儿，我努力思索着北极圈春分日的太阳为何从北方升起；

你将蔷薇长廊用拙劣的文笔细细描绘，我翻开日记想起曾有人陪我走过春日校园墙外的花开。

记得你曾斜倚阑珊春夜，因受人欺凌垂泪天明。我多想奋力地跑到你身边，告诉你，别哭了，快点长大吧，长大了你就会遇到他们，与你一起跳脱在万物生长的季节。中学校园春天落叶子，有熊孩子在操场放风筝。

蓉城今年的春天因为雾霾来得有些荫翳，但是我比你有了更多的门路品味春天。周末去农场摘了满满一筐草莓，洗净后用玻璃盏盛好置于台案，让草莓酸甜的香味溢满房间。把窗纱拉上，春光便透过繁密的花纹轻轻吻着我。窝在靠垫上不愿起来，看来窗纱的影像是朵朵蔷薇，绽放于我的床榻上。

“我会永远走在感寻春天的路上”，我如是对你说。

这篇文章以细腻清新的语言描绘了属于“你”和“我”的春天。这个春天不止是春暖花开，而且是充满回忆与思念的。虽然没有一起共赏春色，然而两人之间却通过春天建立了微妙的联系。文章于诗意之中

透露出一股温暖，虚实结合，回味无穷。

——清漪评 

故乡的春/谭栩睿

故乡的春是十五六岁时朦朦胧胧、燕去无痕的爱情，悄悄地来，匆匆地去。

我常常在梦中遇见江南的初春，那是如水墨画一般氤氲的风景。远处盈盈走来一位撑着油纸伞，穿着青花蓝布裙的女子，踩着碎步走在烟雨朦胧里，口中低低念着婉转的吴侬软语，若是不小心遇上爱慕已久的情郎，大概脸上还会绽开一朵浅浅的樱花，娇嫩的粉色中藏着点点欢喜，嘴角漏出的微笑带着江南特有的羞怯。还有柳永笔下的晓风残月，少游笔下的山抹微云，晏殊笔下的小径红霞，宋祁笔下的红杏绿杨，难怪那些诗人词人都以江南为心中的故乡。春色三分，二分尘土，一分流水。细看来，不是杨花，点点是离人泪。最是那一低头的温柔，无关风与月，自是有情痴。

可是故乡的春天哪及江南之春一半的温柔呢?

故乡的春早已经在乏力的生命轨迹中变成一个模棱两可的意象，被埋葬在荏苒岁月之中，任我竭力翻找，也只寻得几片菱形的碎片，虚幻而又真实。

那是在幽长的小巷中悄悄滋长于墙角的新绿；那是在峭棱棱的枝头飞扬跋扈的桃红；那是在河对岸遍野盛放的嫩黄；那是在头顶铺陈渲染的碧蓝。

这就是故乡全部的春天。

这就是故乡全部的春天么?

错！错！错!

每每忆起故乡的春，耳畔总会响起一声声长而有力的吆喝声，如同舌尖点点的甘甜，虽然由于年岁久远而稍有模糊，但只要细细回忆，便可以清晰地描摹出它的骨架。

“卖春卷嘞！卖春卷嘞！”是的，就是这个声音，这是故乡春天的声音，这是蛰伏在心底属于童年的声音。

春卷，那是每年到了春天家乡都会有的一种小吃。街头巷尾，常常都可以看到有满面沧桑的中年人守着一个炭黑的炉子，用一把略有锈斑的勺子在平平的锅底画出一个不规则的圆，略烤一阵后便做好了一张薄薄的春卷皮。炉子旁边还放着五颜六色的蔬菜丝，翠绿的莴笋，明黄的韭黄，胭脂红的胡萝卜，雪青色的折耳根……整整齐齐地放在米白色的瓷盘里，好似装进了一整个春天的色彩，仅仅只是看着便让人觉得欢喜极了，若是再配上晶莹而半透明的面皮，真是让人垂涎欲滴却又不忍下口。可是那些精明的小贩却故意将吆喝声喊得又响又长，让路上的行人忍不住向他的小摊上多望两眼，谁又能抵得住那春天般绚丽的色彩而不被它俘虏呢?

儿时的记忆大都给了这样鲜艳美丽的小食，每到春天，婆婆爷爷总会买来许许多多的春卷皮和五彩缤纷的蔬菜，将它们裹成一个个精致小巧的“荷包”，在放入早已烧得滚热的油锅中，炸成金黄的颜色，老远就能闻到蔬菜混着菜籽油的香味儿。而我这只小馋猫，总是在它们还没端上桌时，就偷偷抓起一个放入嘴中大咬一口，然后被流出的油汁烫得哇哇大叫。这时爷爷婆婆便会略带些责备地对我说：“慢点慢点。没人和你抢！”

是有多久没有这样简单愉快的记忆了呢？

后来便离开了那个川南小镇，许久未再回去。尽管在成都也常常看到沿街贩卖的春卷，却再也找不回故乡之春的记忆了，那一段宁静悠然的小镇生活终究成了遥不可及的昨日。

渐渐明白，生命中的某些离别是无法扭转的，某些人，某些事，注定只能陪伴我们一段短暂的时光，不管它或喜或忧，都不过是未来人生里无关痛痒的回忆。

原来故乡之春早已踏着一段斜阳渐行渐远。

所有的思念都是挽歌，所有的回眸都是永诀，所有的珍惜都是祭奠，所有的离别都是启程。

文章以江南之春起头，极力渲染它的诗情画意，然后引出故乡之春。故乡的春天看似不及江南的春天那般温柔，然而却以它独特的地位、某些独特的人与事，占据了作者的回忆。回忆之中流露着淡淡的温暖，仿佛多年前的春天又活了过来，春卷依旧，人依旧。只是可惜，它们终究只能是停留在过去。

——清漪评 

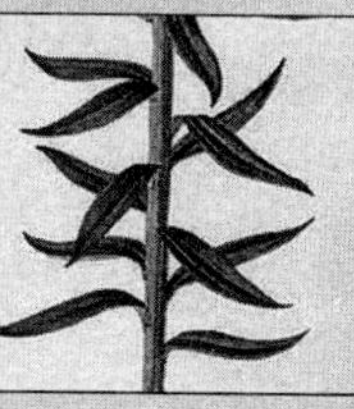

亲情绵绵

亲情是什么？

亲情是一条爱的纽带，连接着父母和子女。这条带子很长，你走到哪里，它就牵到哪里，始终不离不弃。

亲情是一条河，父母在上游，儿女在下游。这条河很清，无论什么时候都澄澈透明，永远不会干涸。

亲情是温度，永不腐烂，永远保鲜。

亲情无价，金钱无法购买；亲情有价，高于任何商品。

亲情绵绵，其乐融融。

父爱的细腻/林语琴

从我懂事到现在，从来没有错过父亲节、母亲节以及父母的生日。小时候，会在前一天晚上偷偷把卡片塞进他们的枕头底下，长大了，一定会按时发短信，我知道，哪怕只有简短的几个字，也会让他们乐一整天。但有一次例外。

进入高中以后，学习的压力无形增加了很多，每天都会忙得头昏脑涨。作为周六放学周日返校的高二党，回到家倒头就睡，第二天匆匆忙忙回学校赶作业，哪里顾得上其他的事情。

六月的第二个星期天平淡无奇，加之临近期末考试，自然没有意识到父亲节。到了第二周周末回家，父亲突然说："我等了你一天的短信……"看得出他脸上的失望中夹杂着些许自嘲，一直上扬的嘴角显得有些僵硬。我先是愣了一会儿，张开嘴想解释，想说手机欠费了或者是没有看日历，最后只挤出了几个字："我忘了。"

一直以为对父亲的爱说得太多就变得矫情，连卡片里也没有出现过"我爱你"这样的字眼。一直以为那些卡片、短信，对粗枝大叶的父亲来说不过是一种形式罢了，没想到如山的父爱也会如此细腻。

母亲一直忙于工作，从小和父亲待在一起的时间很多，加上他是老师，辅导我的学习，所以和父亲更亲近。父亲知识面广，小时候他就是我的偶像，想着将来一定要像父亲一样知识渊博。父亲可以算是又当爹又当妈，平常洗衣做饭都是他包了，只有周末才会闲下来。但他总是婆婆妈妈，饭后会催着我刷牙，晚上会定时叫我洗澡睡觉，任何时候都会捶我的背让我抬头挺胸。叛逆期的时候，总会因为这样那样的琐事和他吵架，但是现在回想起来，真的很感谢有一个啰唆的父亲。

父亲固执，一直不承认自己老了。有空就会让我把他的几根白头发拔掉，还开玩笑说，以后把头发剃光就没有白头发了。每次听到他说这样的玩笑话都会忍不住鼻子发酸。

渐渐长大的我更不想承认父亲老了，经常告诉自己，他头上的白发是阳光折射的缘故，他眼角越来越深的皱纹是开心笑出来的，他上楼梯感到吃力是因为前一天劳累了……

突然发现，十多年来，我只会不断地向他索要更多的爱，更多的关怀，不断地向他要求更多的证据，希望从这些证据里求证他是爱我的。而我呢？不过是给他说了几句“节日快乐”而已。

想到这里，不觉湿了眼眶。

原来父亲也是这么容易满足啊！

人们常说：“父爱如山。”而本文却写的是父爱的细腻，很有新意。文章的语言朴实，但却不流于平

淡，没有太多华丽的辞藻，但是，却能让我们真切地感受到父亲那深切的爱，以及女儿对于父亲由衷的愧疚之情。这样的事也许会发生在许多人身上，因此让人觉得深有同感，能引起读者的共鸣。

——雨琦评

我们都一样/张斯琦

有一首歌的歌词是“我和你一样，一样的坚强，一样的全力以赴追逐我的梦想”，现今想来用这首歌做标题是再合适不过的了。

近来常反思自己对父母的态度，发现自己似乎从小就给父母贴上了标签。总将“为人父母”这件事看成一种职业，他们有特定要做的事情，有特定应持有的态度。甚至认为他们从小开始就是父母，所有他们经历过的事都是父母要经历的，总觉得他们的青春与我们的是不一样的。

前些天收拾书房，翻出了父亲和母亲的日记、书信、纪念册等一些私人物品。虽知道父母看自己隐私时的那种不快，但总觉得父母的隐私就不是隐私，十几年前的隐私就更不能算隐私了。于是趁着父母都不在家，心安理得地翻看起他们的往事。

感触很深的有三件物品——母亲的日记、父亲手打的纪念册、父母的照片。

打开看母亲的日记本第一眼我“哧”地笑了，母亲念高中时候的字就像初一学生的一样，有些生硬又没什么美感可言，不过辨析度很高。原以为会看到一些日常琐事像排列兵一样站在本子上——“今日母亲送吃的……”“今日学校大会内容……”，说不定再加点毛泽东语录什么的（一直认为父亲和母亲的人生是充满正义和红军色彩的）。可是读到的却是小女生一样细腻的情感以及和我现在所想的一样的对生活、对人生的思考，里面有欢笑、有泪水、有行动。全全然然与现在的我一样，一样到对待许多事的看法和处理方式都相同。于是看完了日记早已成了泪人儿，为那莫名的认同感与理解而感动，为着我们都一样而流泪。

父亲和母亲很少提他们的往事，也可能是我不大关心他们之间的红色革命恋情。当翻开那一本封面写着大大的“爱”的书信纪念册的时候方才震惊住了。里面收录了他俩开始书信来往的第一封信到父亲终于退役回到母亲身边的最后一封信。我震惊于那三百多页的全手写的册子，震惊于父亲将每一封信都收好的细致，更震惊于那十年间母亲的信头称呼由“ABC同志”到“BC友”到“亲爱的”到“老公”的过程，十年，母亲等了父亲十年！

不知道那时的父母为什么那么爱照相，而且每一张照片都冲印了两份，大概是为了他们身处两地却仍能看见对方，说不定某一天两人同时望着同一张照片便能在照片中相遇吧。照片上两人的笑容不再像如今穿着工作服照的那种一成不变、僵硬、官方的笑，而是一种让人可以一眼看出两人幸福程度的笑，他们那样幸福，那样干净。

这些在我以前看来也就是千篇一律的爱情故事，可是当知道这些都发生于“革命红军”父母身上时，我的确被震慑住了。因为我发现我们都一样，有过青春年少，有过人生思考，有过可以畅怀大笑的时候，因为我发现我似乎未曾真正了解过这两个人，他们离我这么近，曾经却感觉那么远。

可能是我一直以来没有问过他们以前的事，到现在发现自己对自己最最亲密的父母的了解也不过那么一点。猛然间觉得每个人都是一本用时间写成的书，你只能看完自己的那一本，那些没有与别人一起经历的章节只能错过，再读也只能是一个梗概。一生走完，书便随着人一起沉入地下。再想想以前所读的人物传记突然觉得轻浮，用几个故事、几个奖项、几个习惯爱好便将人的一生概述了。今后我也不敢轻易对别人评头论足了，只当抱着欣赏的心，珍惜那几篇能一起共同书写的章节罢。

每个人都有自己的故事，动物有，植物也有。贴标签这样的事情实在幼稚，我愿今后好好品味父母那两本人生必读书，这一章他们教会了我尊重。

生活中我们都不知不觉地为父母贴上了特定的标签，殊不知在父母角色之外的他们也有自己精彩的人生故事。这篇文章中作者通过发掘八卦，对于父母亲的过去有了全新的认识，也学会了摘掉有色眼镜看人，明白了每个人的生活都千姿百态、别有滋味，都一样值得尊重。

——惠文评

回忆童年/肖楷

童年，我的童年，在无声无息中悄然溜走了。近日，我如大梦初醒，才发现童年已经离我很远很远。我真不敢相信，童年竟然会走得这么快，我唯一的童年啊！我觉得有必要把童年的点点滴滴记录下来，以此怀念我的童年。

——题记

每个人都拥有自己的童年。童年，是人生中最幸福的时光之一。我的童年，在我爷爷、奶奶、父母等亲人的陪伴和疼爱下，显得格外幸福。

父母工作较忙，我的童年更多是和爷爷奶奶一起度过。从我开始记事起，我便在爷爷奶奶温暖的怀抱中。他们对我的关爱无微不至。我快两岁了，奶奶还任我在她的肩上狐假虎威；每次我不肯吃饭，奶奶总是依我“点菜”；每次看电视，爷爷总是遵从我的“意思”。这些在现在看上去，虽然可以算得上是娇生惯养、泡在蜜罐里，但回味起来也是十分幸福。这不仅因为我是当时家里的“霸王”，更重要的是当时我能整天沐浴在爷爷奶奶的爱中。就如春晖照耀在未开放的花蕾上，带来生命最初的温暖和慰藉。

我渐渐大些之后，一个小伙伴走进了我的童年，他就是郑哲。我和他玩得最多，也玩得最开心。记得我和他之间有这样一段谈话：

“我，我想看电视，奶奶不让，你说，我，我该怎么办呢？”

“哈哈——太好办了，你再去买一个爷爷奶奶呗！”

“哪，哪里买呢？”

“这个——商店吧！”

那时的笑颜和快乐，至今还历历在目，每每想起，我便觉得格外温馨。

我和郑哲一起捉过迷藏，每次都洋溢着幸福的欢笑；我们一起捉过蝴蝶，每次都沐浴在春天的阳光里（尽管蝴蝶一次也没有捉到过）；我们一起放过风筝，让风筝载着两颗幼稚的心，载着对世界的好奇和幻想越飞越高；我们一起下过象棋（尽管每次都因为争论谁是真正的赢家而草草收场）。我们——用相似的童年，描绘了人生最美好的岁月。近年来分别了，实在是舍不得。

光阴似箭，日月如梭。我上小学了。刚上小学的日子，并不辛苦，书包扁扁的，作业少少的，朋友多多的，日子格外滋润。放学回到爷爷奶奶家：有时，桌上摆放着鲜红的草莓；有时，电视机为我打开着；有时，奶奶见我进门急忙为我接过书包；有时，妹妹已经把玩具捧到我的面前，“哥哥，陪我玩吧！”有时，姐姐已经坐在沙发上宣布，“捉迷藏开始！”有时，桌上饭菜早已飘香……

啊，那有多么幸福，多么快乐，多么让人怀念啊！

我以为，我可以无休止地享受我的童年，当然，错！我的书包一天比一天重了，我的作业一天比一天多了，我的知识一天比一天增长了，我的分数一天比一天高了，我的成绩给我带来了无限的喜悦——嗯，拼命学吧！这样，我的练习也一天比一天多了，出门的时间却一天比一天少了。在我憧憬着美好未来的时候，我的童年却一天一天遗失了。

我把我的风筝挂在墙上，也把我的童年永远挂在了墙上；我把我的象棋放到了抽屉里，也把我的童年永远锁在了抽屉里；我把我发明的游戏抛到了脑后，也把我的童年永远抛到了脑后……繁重的学业，让我淡忘了时间，同时也淡忘了我的童年。这时，童年，我唯一的童年啊，便不再等到我“考上大学、找到工作、挣到大钱”那一天了，它狠心啊，真狠心，连招呼也不打，就像流沙逝于掌心。

有几次，我似乎有所领会，把手捏成拳头，想抓住那颗仅有的童心，但是，它化为空气，从我手指之间的空隙之中飘走了，而且一去不复返了。

时光不解人情，携着我唯一的童年，唯一的，离我越来越远，我虽然无法再抓住它，留住它，但是，我却仍然努力地在它的影子里生活。取下墙上的风筝，拾起这童年的产物，无忧无虑地，自由自在地在田野上奔跑。尽管这时的我已经不是多年前的那个小孩，但是，我只要自己能再次重温那童年的感觉；让那多年前的溜溜球重新跳回我的桌上，也让那童年的感觉重新跳到我的心上。一群无知的小孩，我总想加入他们，欢笑在那一颗颗童心之间，毕竟，多年前我也和他们一样，同样在童年的怀抱中。

多想，多想，多想啊！我多想和郑哲一起再捉一次蝴蝶，让那童年的精灵在袖中扑腾；我多想再享受一颗奶奶那鲜红的草莓，每一颗都充满爱的滋味；我多想再和父母在温馨的灯光下再看一次动画片啊！可惜啊，可惜，我和郑哲分别了，奶奶的头发白了，夜晚的时间也不归我自由分配了。

初中时一次同学聚会，忽然心血来潮，提出要玩捉迷藏，对于这样一个十分“幼稚”的提议，同学们竟然都毫不犹豫、异口同声地答应了。“一、二、三，开始！”我们像一群孩童，重温童年的游戏。是啊，我们大家都拥有一样的童年啊！我们都是由童心萌发而来的啊！时光在我们身上刻下了一道道痕迹，沉重的课业包袱让我们体味童年的机会少之又少。不，这不是主要的，是它，是它夺走了我们的童年！我们都知道通过这几年的寒窗苦读，能够换来几十年的幸福生活，但殊不知，一个完整的、幸福的、美满的童年比以后的腰缠万贯意义更为重要。我们处在童年，总希望通过努力挣到大钱再来享受，可是，等我们真正财源滚滚的时候，我们的童年又在哪里呢？

不过，既然我在童年时已经选择好了我的道路，就应该义无反顾地走下去。童年给了我文静的性格、宽容的胸怀、耐心的秉性、冷静的头脑、睿智的思考和强健的体魄，可谓受益匪浅。

童年啊，我要感谢你，感谢你，你不仅让我的人生有了一个好的开头，还额外给我留下了这许多珍贵的回忆。我怀念你的文章，你还喜欢吗？——请笑纳！

怀念童年的文章，总是很能引起读者的共鸣。作者用一件件小事串起对童年的回忆，尤其是写郑哲在一起的一段尤为动人。更可贵的是本文的立意，不仅是怀念，也表达了为了童年时的选择义无反顾地走下去的信念，使文章的调子在结尾时昂扬了很多。

——妙然评

老　屋/周弋誉

天空渐渐暗了下去，远处的黄葛树融进了夕阳里，道路两旁的白杨树倔强地挺立着，有零星的麻雀落在上面觅食，暮色四合的大地上传来商贩的吆喝声，高高低低地荡开来，一点点地被夜色吞没。还有几个老婆婆在街上说话，苍老的声音如涓涓的流水萦绕在我耳畔，让人感到温暖。我加快脚步，朝着老屋的方向走去。

轻轻地推开大门，“嘎吱”一声犹如老屋低沉的叹息，墙上的裂痕记录着时光的痕迹，墙角的蜘蛛网肆意地张狂着，抬头向上望去，一条条扭曲的黑色的线条勾勒出我童年的记忆。

记忆中阳光弥漫了整个陈旧的空间，婆婆正站在客厅中央，弯下腰专心地忙碌着，扬起的灰尘在她花白的发丝上，微微颤动着，她看见我回来，便抬起头朝我微笑，过了一会儿，便给我端来可口的饭菜。吃着便能感觉到齿间溢满幸福的味道，有时她会给我烧一碗很清淡的汤，在我喝之前，她都要细致地吹一下，汤面荡起的波纹，像是岁月的涟漪。我喝完后，她总要争着去洗碗，自来水“哗哗”地从她手上流过，就像时间“哗哗”地从我们身边滑过一样，舒缓而平静。

视线向外延伸到了阳台上，月光倾泻而入，照到阳台角落的花瓶上，半米高的花瓶有一个大大的裂缝，回忆便从裂缝中涌出。还记得那天太阳很大，空气中浮动着向日葵盛开时的馨香，炽热而浓烈，婆婆坐在沙发上，阳光把老人沧桑的脸庞镀上一层金色的光。我和小伙伴在阳台上玩得正开心，我一不小心便碰倒了花瓶。婆婆气急败坏地走过来，脸上的褶皱更加明显，我紧张地向墙角挪动。看到婆婆朝我走来，我闭上眼，等待着一顿毒打。她望了我一眼又叹了口气，小心地把花瓶扶起，然后去拿扫帚把剩余的碎片扫干净。现在，阳台上丝毫看不到往日的碎片的痕迹了，但回忆却深深地刻在了我的脑海里，不曾老去。

老屋很老，像是个静默的旁观者，见证了那些不曾老去的往事，如孩子般固执不肯认输。而如今，老屋更像一个迟暮的老人一样倚在风中，步履蹒跚地走向虚无，错落的屋顶上落下许多被鸟遗失的种子，它们长成了青黄的茅草，覆盖在我的心头，覆盖了我离开那年唯一遗留的那一行脚印。

老屋的门，被岁月静静地锁着。

文章的语言很美，开头的环境描写便烘托出了一种安宁、静谧、温暖的感觉，引人入胜，后文对老屋的描写也很生动，仿佛将读者也带去了那个经历了无数风霜雨雪的斑驳的老屋，而那位慈祥、善良的老人也好像立在了我们面前。作者以细腻的笔触，将我们

带进了她记忆中的那个温暖的角落，勾勒出了她心中对逝去光阴的不舍与怀念。

——雨琦评 

遗失的味道/张桐川

那是一碗平淡无奇的元宵。

几只铝制的小碗随意地被排列在有些摇摆的桌面上，溅出些汤水。惨白的灯光从顶上打下，压抑着惊慌奔走的热气，让整个食堂闷得喘不过气来。

这一天并非合家欢庆的正月十五，只不过是一个平凡的周五，一个食堂菜单上破天荒印上了元宵的周五。

晚自习的下课铃声在空旷的校园中回荡数圈后消失殆尽，还剩下的只不过是我们背着书包，伴着朋友匆匆奔向食堂的脚步声。我无精打采地端起一碗元宵，端详着镌刻粗糙花纹的碗，又瞟几眼漂散着小黑点的混浊的汤，轻轻叹一口气，等着后来的朋友，随意选一处角落坐下。

用筷子微微搅动汤水，看着一阵压抑已久的蒸汽腾起，消失在惨白的光芒中。汤水似乎清澈了些，已经能看见几只瘫软在碗底的小糯米球，拖着黑色的尾巴，笨拙地随着筷子游走。放弃了对外观的研究，随意夹起一只吞进嘴里，说不上是一种什么味道，只求能够填饱肚子。

狼吞虎咽之下，我的碗很快便已见底。望着朋友还面露难色地一点点强咽一只破碎的元宵，我这才发觉口中浓重的糯米粉味道，哪里是一只元宵该有的口感。比起家中那釉着精美图案的瓷碗、丰满的元宵、醇香的芝麻，哪一点是这里比得上的呢。

可是，猛然想起，这些东西似乎也早已是几年前的记忆罢了。近几年，或是口味变了，或是厌烦了那种吃元宵前相互祝福的传统礼节，总而言之，我的确已经很久没有再想吃元宵了，也的确很久没有和一大家人坐在一起吃一顿饭了。总是感觉那种繁杂的餐桌上每道菜都太油腻，不适合我现在清爽、独立的口味了。

但是今天，现在，摒弃了那么多年的口味，却又因为饥饿，又一次拾起那已失落的记忆，尽管是在这个嘈杂的食堂里嚼着索然无味的糯米团。这也许就是因为在家中已经司空见惯，一切都觉得乏味，只有到此时，才想起去回味曾经拥有的味道，尽管已然陌生。

等到朋友也艰难地喝下最后一口汤，留下小碗，我们就又一次回到校园的宁静中。抬头望望天上，离家时的满月已经化作玉钩，半隐在灰黑的云层中。我突然觉得这再平凡不过的月亮很美，因为它挂在回家的前夜。

一碗小小的元宵蕴含了家的味道。我们从一个在家里眷恋着温暖空气的孩子成长为追求独立自主的少年，然而岁月流逝得太快，当釉着精美图案的瓷碗、丰满的元宵、醇香的芝麻成为习惯，日复一日、年复一年的味道便慢慢地消失，成为如同一闪而逝的时光般的淡淡的痕迹。只是终有一天，镌刻粗糙花纹的碗、漂散着小黑点的混浊的汤会唤起曾经遗失的味道，这时我们才会发现那淡淡的痕迹中究竟包含了多么强烈的情感。作者通过细致的描写和几处对比，把深厚的感情蕴藏在惨淡的环境中，富有感染力，并在结尾处透出一丝亮色，余味无穷。

——天莺评

五平方米的世界/李蓓佳

我的房间有一个朝西的小阳台。

铺着木地板，阳台是清凉的。夏天，我常直接坐在阳台上，让皮肤与木头接触，在炎热的空气中触及那一丝凉意。而冬天呢，我是不敢将脚从拖鞋中滑出来的。冬天的时候我常搬来一个小小的暖炉。暖炉虽小，却与同样很小的房间非常合适，不一会儿整个房间便充满了暖洋洋的气息。

这阳台是封闭式的——落地窗将阳台与外面的世界隔开了，仅剩下左边有一扇小窗能透透气。小窗下面是一个玩具柜，白色的柜门，白色的架子。我们一家刚搬到这里时，我才五岁，正是对世界很好奇、什么都想要的年纪，也有很多的玩具。十年过去了，白色中早已掺杂了淡淡的黄色。打开柜子，里面的玩具也仅剩下了有特殊意义的几样，更多的，是近些年收到的礼物、选购的CD、旅游时的纪念品等。不知道再过几年，柜子中又会放些什么呢。

小学那几年，我总是喜欢在周末的下午，坐在阳台的木地板上干些自己喜欢的事。

那些年成都的天还是淡蓝色的。在我的印象里周末是常出太阳的。因为我的房间向西，所以阳光总在下午拜访我的阳台。我心情好的时候就在中午打扫一遍房间，这样下午就可以很随性地直接坐在地板上。吃过午饭后小睡一下，便开始了惬意的、在阳光的沐浴下的生活。有些时候，我会拿上一本书，靠在柜子上，一读便是一个下午。而更多的时候，我是在阳台上做手工。我曾在那里建起小小的房子，像是在修建未来的家一样；我曾在那里拼过一千片的拼图，蹲在地上，从那一堆杂乱无章的碎片中找到自己所需要的那一片，是一件很有成就感的事情；我曾在那里拼装过各式的模型，铁钉在阳光下闪耀着，仿佛军人们胸前闪闪发亮的胸章。一件又一件的手工品诞生在这里，一件又一件寄托了我的爱和梦想。

初中之后，阳台上被摆上了一个书桌。这书桌很小，却又很大。它太小了，小得放下我所常用的书和笔后，空闲的空间所剩无几；它太大了，大得占满了一个阳台。自打那之后我便失去了直接坐在阳台上的机会。

书桌是我的新朋友。它是单纯的一张桌子，没有抽屉，没有附属的小柜子，只是一张桌子。每每我坐在书桌前，总是觉得书桌上放的东西太多了，却没有一个抽屉能让我放下那些杂物，但这丝毫不妨碍我喜欢它。这是一张木制的桌面，我常趴在上面，因为淡淡的木香让人感觉很舒服。桌面上的东西很多，但每一样都被归置得很整齐。只要是我确定摆放在上面的东西，从未出现找不到的情况。小书桌将我的阳台变成了一个新的世界，我坐在书桌前读书、填数独、弹吉他。虽然失去了直接坐在地板上的机会，但我仍然做着自己喜欢的事情。

即使是在这一块不到五平方米的小地方，我也能找到自己的幸福生活。

待在这样一个阳台上，我仿佛坐在了一个国王的宝座上——我能看到别人的故事，我能看到琴弦在我指边轻轻地震动，我也能看到手掌中的铁钉在闪耀着它独有的光芒。我看到的，是一个独属于我的世界。

一个小阳台，不到五平方米的空间，却是作者独有的小小世界，伴随作者从幼儿园到现在，带给了作者温馨、美好的回忆。作者生动地描述了它的样子，讲述了与它之间的故事、贯穿这几年的回忆，令人回想起那拥有几平方米也仿佛拥有一个独特世界的童年。

——惠文评

缝入阳光/陈紫璇

秋，渐渐靠近了，带着丝丝微寒，带着不似夏日般灼热但却温暖的阳光，散去了燎人的热气，带着独有的清澈，来了。

秋，是凉爽并清澈的。秋风吹出，却足以让人冷得瑟缩在被窝中。而我，却未感到这凉意，因为，阳光已缝入了我的被窝中。

这是一个并不很忙的周末，做完作业，靠在窗边，看着窗外已秋风四起，心中默默地想道：“寝室里的被子也该换成厚一点的了。”于是便起身打算去寻母亲，告诉她。便默默地来到了母亲门前，推开了门。

房间内的阳光一不小心便溢了出来，让我微微眯了眯眼，定睛一看，母亲正坐在落地窗边，窗外秋日的阳光透过玻璃窗洒了进来，洒在了母亲的身上。而母亲，坐在一个木椅上，左手攥着棉被的一角，右手握着一根泛着银光的针，神情认真、专注，在棉被的一角上一针又一针地缝着。简简单单的动作，却让伫立在门口的我，有了些许的失神。

从小，我便一直是一个睡相不太好的孩子，盖上冬天厚厚的棉被时，在床上翻来覆去几转，那棉絮便总会缩到被子的角落，而最后，往往都只有一层薄薄的被套盖在身上，因而也总是常常感冒。而待到第二年的秋天，当秋风乍起时，我却意外地发现，被子不再似往日一般调皮，而只是乖乖待着。原来，是母亲用针线将它们连在了一起，缝住了那一份温暖。

现在，又看见母亲在一片和煦温暖的阳光下，带着笑意，专注地一针一针地缝着，恍惚间我觉得，母亲似乎将那阳光缝入了棉被，将那份暖暖的爱缝入了棉被。

这小小的动作却让我的心有了丝丝的感动，虽不算什么了不起的大事，但这一针一线中也包含着浓浓的情。平平淡淡，如那秋日中倾城的阳光般，虽无法品尝到它的味道，却可以真切地感受到它的温暖。

从古至今，歌颂亲情，歌颂母爱的人数不胜数。其中许多人将这份感情歌颂得轰轰烈烈。可在我看来，一份平平淡淡的感情才是真。如看天上云卷云舒，观门前花开花落般，不易察觉，却已成为你的习惯，成为生命中一个不可或缺的部分。

简简单单，亲情是一个由几根树枝所搭成的小巢，但我更小，可以一下子钻进去。里面有一碗水，凉凉的、甜甜的，滋润我干涸的灵魂；里面有一袋面包，鼓鼓的、香香的，填饱我无尽的渴望；里面有一张床，软软的、暖暖的，抚慰我莫名的忧伤；里面还有一盆花，一幅画，一首诗，缀着些叮咛，嵌着些嘱咐……在亲情这个小巢中，我不断地成长着。

伫立在门边，任凭阳光在我的脸上流淌，似乎，又回忆起了很久之前的时光。在我还很小的时候，母亲教会我认的第一个字，教会我唱的第一首儿歌，教会我的为人处世的道理，虽已在时间的长河中逐渐模糊，但这些都如阳光般，照耀着我的心灵之路。

而如今，在阳光下，我可以明晰地看见母亲头上的几根银发，眼角些许的皱纹。的确，在我一天天慢慢长大的同时，她也在一天天慢慢地变老。有一天，母亲也会像小时候的我一样，说话不如往日清楚，走路亦不如往日轻快，而那时，我所该做的，便是挽着母亲的手，慢慢地走，正如同，她当年牵着年幼的我，一步一步慢慢地走一样。

在这倾城的秋日阳光下，母亲就将阳光缝入了被子中，也将那份温暖与感动缝入了我的心中。

本文抓住一个小细节，虽然是小事一件，但是那细腻的温暖与感动正如母亲手中的线，一针一针缝进读者心里。格调清新淡雅，语言朴实亲切，情感真挚，让母爱这永恒的话题焕发出新的光彩。

——梦卉评

历史回声

岁月悠悠，往事如烟。

穿越时间的隧道，我们可以倾听到历史的回声。历史是现实的一面镜子。观今宜鉴古，无古不成今。我们的小作者，有的涉足敦煌，有的亲临徐汇，有的泛舟秦淮河，有的虽然足不出户，却让心灵飞过《诗经》的斑驳岁月。

他们追踪历史的遗迹，是为了从历史的碎片中寻找文明，从过往的时光中发现我们自己的影子。

众里寻他千百度/曾极麟

新雨后，旧城中。

是洒脱的新，顽固的旧。

跫音四响，寻寻觅觅，千百度里。

我带着那个猝不及防地出现在脑海中的念头——寻找那些几年未见失去联络的老友，哪怕我对于他们已是回忆的灰烬——穿梭在熟悉的街头巷尾，像是流浪的旅人来到一座新的城市一样，仔细而谨慎地打量着周遭的一切，唯恐错过某一个熟悉的身影。

换了个手机号，丢了个QQ号，从此没有这些虚拟的连接，便是天涯陌路不相逢。这真是让人不甘。不甘，所以怀有些微的希望。站在这些几年不变的老街道上，我有些茫然，甚至不知所措。我并未有什么系统的计划，我只是突发奇想，然后顽固地以为走在这些曾一同走过的路上，一定能遇见他们，至少一个。

我走到我们的母校门前，那几家卖零食的小铺已经换了，自然是听不见熟识的老板娘最爱哼唱的小曲。放假了，铁门紧闭着，我趴在铁门上，透过缝隙看着里面那个小小的水泥操场和新粉刷的白晃晃的教学楼，仿佛听见几年前的读书声从教学楼内某个墙上漆掉了大半的教室里飘然传出，像是一曲悠扬的乐曲，稚嫩清纯而又认真朴素，每到句子结尾处我们还都默契地拖长落下华丽的休止符。然后下课铃如约响了起来，一阵欢呼，操场上一下子热闹起来，我们等着彼此，嘻嘻哈哈走向我现在站的地方，那些笑话只有我们才能听得懂……这几年翩然而过，再次站到这里，已只有我孑然一身。我想，我们应该在这里相遇，依然学生装束，惊呼对方的名字，然后用手狠狠拍打对方的肩膀，“嘿，伙计。”然而我左右顾盼，那人不在，蓦然回首，空空如也，果真是铁打的门，流水的人。

漫步于我们放学走的那条林荫路，梧桐树在微微的风中招摇着手掌般的叶子，撑起一片绿荫，幽幽的凉。我情不自禁地想起了树荫下乐得忘乎所以的两人。其实她并不用走到这里，她家便在这条路前的拐弯处，然而她总愿同我多走一会儿，在这片幽凉里。这时的我们手里总有那么一样零食或一杯奶茶，她常说她得控制体重了，但却从来都抵御不了诱惑。这条路上的时光无疑是快乐的，让人从不会厌倦。有时我们会在雨后停下来，凑在一起耐心地看一只蜗牛慢悠悠地在梧桐树上踱步；有时我们也会在深秋拾掇梧桐金黄的叶子，然后比比谁的更漂亮别致；更多的时候，是满溢的欢快笑声。此刻又走上这条林荫路，蝉声大噪，可是再怎么刺耳似乎也掩埋不了耳畔当年的笑语。我想，我们应该在这里相遇，她从远方走来，小辫子一翘一翘的，宛如两只栖在她头上的百灵鸟。然而直至我走完这段路，再蓦然回首的时候，视线里依然没有应有的那人，果真是水泥的路，虚影的人。

这一路我寻过千百度。我转了被我们钦点为“老地方”的书店，好几年，除了小细节的布置有些改动，大体还是那个模样。我终究还是走到了花花绿绿的儿童区去，看见这时的小孩子们仍旧像我们当初那样密密地坐在书架间的走廊上快速翻动着书页，不禁莞尔。我们本应该在这里相遇的，蓦然回首，却灯火明亮，照亮孩子们读书的脸颊。我来到我们开生日派对的餐厅，点了一杯果汁在角落静静独享，那酸酸甜甜的味道唤起那段如这杯果汁般新鲜清爽的日子。我们高声唱“祝你生日快乐”，捧上礼物，大吃特吃，最后还用完餐厅的番茄酱，徒留这餐厅老板一脸郁闷，却又无可指责。我想我们应该在这里相遇了，然而，我打量每一个食客，没有一个同我坐在灯火阑珊的角落。我还遇见许多人，他们的背影都与我所寻找的那些人相似，可每每我激动地追上，还故作镇定地不经意一瞥，都被那陌生的容貌一棒子拍醒。但我仍紧握着那熹微的希望，在店家奇怪怀疑的目光中徘徊于一家家店前，生怕一失足成千古恨地错过……

我在这里啊，就在这里啊，为何偏不相见？那些在我生命中努力绽放过的花儿，还在开吗？我们注定被风吹走散落在天涯么？

一路的寻觅，一路的失望，在太阳将落进我们一同爬过的那座山的时候，我颓然下了岸堤来到河边。新雨后的河水涨得颇高，全然看不见我们曾肆意玩水的地方了，河水隆隆响着，又浓又稠，闪耀而晃动，像是流动着沉甸甸的金 。我兀自寻了块温热的大石头坐下，如那时候一样拾起周围一颗颗小石头向水里掷去，激起小小的水花，后浪一推便不见了踪影。我似乎了悟了什么，生命大概便像这奔腾不息的大河，有些人和事或许能在里面成为中流砥柱，在整个生命中是那么耀眼；但更多的都如那一颗颗小小的石头一样，默默地被扔入，绽放灿烂的瞬间，像是划过天边的刹那火焰，然后被时间一冲，安然熄灭。在我们长长的一生中，有多少人从远方来，只为赴我们一面之约，努力一个绽放，然后不虚此行？像电影里告诉我们的，很多事情都是写好了的，注定不会有再相见的剧情——我们可以不屈服，像我今日一样固执地寻找，但我们必须先坦然地面对。因为即使生活就像一盒巧克力，你不知道你的下一块是什么口味，但在这之前，你必须咽下现在这一块。

想得多了，也便释然。如果真的还能遇见，那自然是好的，如果努力了仍然寻不见，那么也不必再懊丧，毕竟我曾经拥有那些朋友们的春秋冬夏。

我继续扔石头向那波澜壮阔的大河，河风轻轻地吹拂，无影而实存，充满了领悟的味道。夕阳西下，河水镀金，依旧向东奔去，带着千年的沙石，带着我懊丧的愁绪。

没办法，这是一个多美丽而遗憾的世界。

没办法，这是一个不能停留太久的世界。

众里寻他千百度，切莫回首，那人从不在灯火阑珊处。

作者用回忆、现实与对生命的感悟交织成了这样的一篇文章。“我们应该在这里相遇”，这是最初“我”所相信的，寻觅千百度之后，必然会在灯火阑珊的角落与那个熟悉的身影相遇。然而，不再相见，才是正常无比的人间。文章将生活的片段娓娓道来，

又怀有一种微漠的悲哀。人生，又有哪个结局不是充满悲哀？故事是我们似曾相识的故事，但由于语言的功力和深刻的主旨，使我们不能不为之动容，不能不为之折服。

——清漪评 

生活，如此温暖/熊若琳

春日正好。

一声草虫喓喓，是鸣了千年的情思；一片桃花灼灼，是撒了衷心的祝福；一饰琼瑶美玉，是连了暗吟的心语。难得时光如此美丽。于是捧一本《诗经》，悟那些“思无邪”，在千年之后的今天溯洄从之，只为拾得那些淳朴歌谣中的温暖。即使道阻且长，江汉又广。

仿佛是立在那广远的汉水旁，任水花溅湿衣裳——满世界的清凉舒爽。何曾呼吸过如此纯净而又快活的空气？那是个春天。相约结伴的妇女们，着一身朴素布衣，相聚于原野：“采采芣苢，薄言捋之；采采芣苢，薄言袺之。”在她们的眼里，日出而作日落而息本就是件乐事。或许是因为太单纯，更或许是因为自然太过原始与神秘，何尝不乐？何尝不暖？

桃花似新娘的脸，青春，娇嫩，美好。甚至闭上眼，都仿佛可看到“绿叶成荫子满枝”的幸福日子。“桃之夭夭，灼灼其华。之子于归，宜其室家。”一名出嫁女子，含睇带笑，在她一生最美丽的时候，面若桃花，三月的暖风，晕了她一脸红霞，更暖了她的心，暖了那朴素又甜蜜的祝福。

《诗经》中有太多道不完的纯美爱情，就像那桃花，柔软而又芬芳。“有女同车，颜如舜英。将翱将翔，佩玉将将。”木槿花开，清新浅白。“彼美孟姜，德音不忘。”永世不忘，永世难忘。“静女其姝，俟我于城隅。爱而不见，搔首踟蹰。”白茅般洵美，悸动所以心慌。那时的人们葛布粗裳，却种了一个又一个美好单纯的愿望；心是透明的，所以毫无保留，不用费心猜度。只需在某个水畔，荒原，车中，轻吟一句便诉衷肠。的确，博名争利又有何用呢？用青春和真情去编造一个天堂，何乐不为！求之庶士，迨其今兮。

心被这些清浅的歌谣静静洗涤，涌来一丝丝暖流，来自那般简单的生活。

然而它可以美得无瑕，也可以悲得浓郁。是“及尔偕老，老使我怨”的决绝与悲愤，“心之忧矣，如匪浣衣”是长路漫漫，征战在外的士兵发出的一声声哀痛叹息：“忧心孔疚，我行不来！”思归不得，何以言乐？“行道迟迟，载渴载饥。我心伤悲，莫知我哀！”

现实即便是在那个美好的时代仍是残酷的，王事未定，不遑启处，只能采薇作食，咽下满心悲苦无人可诉。“我姑酌彼兕觥，维以不永伤。”只有醉酒方能解忧，可却只是愁上加愁，辗转今夜。可那醉的又岂是今夜？将心麻痹了多少余载！但这愁再浓，也抵不过他独守家室已形容憔悴之妻的一头蓬发；“自伯之东，首如飞蓬。岂无膏沐，谁适为容？”

可我始终坚信，在这层层悲凉底下，仍埋着一丝温暖。从来就没有放弃过回家的念头，他坚信家中有一烛青灯守候，她也坚信他不会弃自己不顾。默默等待，等待，等东方须臾晨光熹微，等那个无期的约定。这是如此单纯的希望与温暖，不然，就不会有那戍边兵士对远方妻子的坚贞誓言：

“死生契阔，与子成说。执子之手，与子偕老。”真诚到没有一丝渣滓。

一首首读罢，心是很平静的。感叹这才叫生活！这种生活才是温暖！其实生活本就该如此——清，淡，静。该喜便喜，该忧便忧。总以一个最真的自己来面对昨天，今天，明天；面对朋友，家人，自己；面对绚烂，平淡，枯败。最美是《诗经》，倒不如说最美是单纯。这些歌咏里的情思，都那么容易被人探到底，那么容易触动人的心灵。暖暖的，就像春日里洒下的光亮，千年如一日地予人温存和平静。

如今的世界太过喧嚣，我们都快要找不到自我，找不到生活的意义和本该有的温暖。追名逐利，劳务繁多，凡事都追求完美，累得喘不过气来。可人生本来就是不完美的，远古先民早就发现了。吃惯了多味调料，早该喝喝无味的矿泉水了，不然怎么排心里的毒呢？不如歇下来，任那和暖古风吹来，涤荡出最清澈最真实的自己。她的言辞是一幅幅质朴淡雅的国画中最美的注脚。浮萍，桑园，纤草，幽虫。没有任何粉饰，却不失淳朴意蕴。

生活，如此温暖。

很美的散文，如一股清新、质朴、自然的春风吹到心底。生活中本身的甜，与苦中蕴含的甜，两个方面融合一起，共同表达主题。有较深厚的古典文学

功底，对传统文化爱得热烈而真挚，把《诗经》那种单纯、朴实的美阐释得淋漓尽致，给人带来无比的温暖。语言很美，文章本身就是一首隽永的散文诗。

——毓聪评 

在桨声灯影里/谭惠文

在乌衣巷旁的馆子里吃了些小巧精致的汤圆，再踱到秦淮河畔时，天色已经有些暗了。河上的船已经全部亮起了灯，顺着河看去，彩灯连成一片，光影静默地投在河面上，随着微波起起落落。

船前早排起了长长的队，我们买好票便在那儿等待着。这时才发现有两种船，一种是能装下三十几人的机动船，四四方方的，船舱和顶篷都是木制的，窗格经过雕镂，映着蓝钻色玻璃，想来里面也不失一番古味。而我们的队伍正领我们上另一种船。这应当就是朱自清先生所说的“七板子”了吧，约莫能容下十几人，船是手摇的，有着弧形的顶篷，一样是木制的支栏和船身，船的前后都有着一盏发着微光的红灯笼，虽比不上大船通明的灯光，在桨声灯影里也别有一番风味。

登上船时，天早已经黑了。秦淮河上却笼罩着彩船映出的光影，回过头去，还能辨认出夫子庙前的牌坊，黑暗中隐隐看到它肃穆的轮廓。

再走一段，似乎只剩下船的光了，摇摇晃晃地在水面圈起一层朦胧的烟霭。周围的楼房都只有两三层，装饰也显得古色古香，却是一片漆黑，很少亮着灯。偶尔划过亮着灯的窗户，也用厚厚的窗帘遮住了，只不合时宜地照亮旁边的空调外机。

想象中的秦淮河畔，应该是酒家林立，日夜笙歌、花灯灿烂、金粉楼台，鳞次栉比、画舫泠波。想想历史上，有多少文人墨客、才子佳人的故事在这里发生，现在终究是不同了，只能在飞檐漏窗、雕梁画栋和桨声灯影里寻找那金陵古都的风貌。至少不再有“商女不知亡国恨，隔江犹唱后庭花”的悲叹罢。

船悠悠地向前划着，四周只有船内播放的讲解混着波声与风声，在这凉爽的秋风中，和着“汩—汩”的划桨声，人们似乎都格外安静，任灯影在脸上时隐时现。我也终于压下心中幻灭的情思，专心听夹和着水波传来的机械女声，听她讲着明末清初秦淮八艳的传奇。讲到李香君，虽然《桃花扇》的故事早已耳熟能详，脑海中却情不自禁地浮现起她誓死守节、深明大义的坚强身影，闭上眼，仿佛能看见她在媚香楼上驻足远望，留下一声叹息。又讲到柳如是，这个被封为秦淮八艳之首的传奇女子，不仅文采斐然，更怀有崇高的民族气节，宁愿跳池自尽也要阻止夫君降清。她们明明是被压迫在社会最底层的女子，却能在国家危亡时刻表现出许多满口江山社稷的明朝官吏也比不上的勇毅、忠贞。她们成为船来船往的秦淮河上不灭的传奇。

清波、桨声、灯影、风月，这些都是秦淮河留给世界的印象。从人们为它命名，它便有了灵魂。人们曾为它挥洒下诗词歌赋，歌尽悲欢。千百年后，我们跋山涉水只为见它在历史长河中的惊鸿一瞥。年年岁岁，秦淮河始终在这里，历经千秋，看遍万象。而我们最早对秦淮河的认识，不过是来自于杜牧的《泊秦淮》，我们又怎能真正了解它呢？那历经六朝的风月，究竟使它承载了多少商女的相思泪、多少挥霍掷金如土、多少诗情画意歌声婉转，我们所见到的，所希望见到的，都不过是它在漫漫历史长卷中的一个瞬间。在桨声灯影里，时光流转。

风花雪月、歌舞升平已经留在了过去，但秦淮河始终是厚重的，千百年来它都是如此，在桨声灯影里，伴随清波看过沧海桑田。

在桨声灯影里，我遇见了秦淮河。

文章记述了游秦淮河时的所见所想，以极有韵味的文字描绘出那桨声灯影里河与河的故事。文章十分具有文化气息，从登船到游河，从朱自清到秦淮八艳，最后又回到秦淮河本身。写出了历史兴衰反复而最终又归于平静的厚重感与对时间的敏感。颇有王安石金陵怀古之沉郁浑厚。

——清漪评

让飞天的衣带再飘扬千年/万妙然

我踏进敦煌城的时候，东边的地平线上正隐隐响起日出华丽而雄浑的号角，月在另一头款步退入云帐，清浅得如黎明的最后一抹残梦。这样一个时刻的到来，我感觉仿佛是在响应某种神圣的召唤。

莫高窟没有让我失望。

敦煌是沙漠中的小城，这本已让我惊异，然而更让我惊异的是这里生命的繁盛。出城的路上，两旁全是密密的旱柳，远远看去绿绒状的柳条让人想起新织的地毯。沙漠里随时有风，那柔软的浅绿便一浪一浪地波动出松涛般的声浪，让深沉的平静浸润每一颗向着圣地二区而去的心。然后我便看见了它，那第一眼就让我无力惊异亦无力欣喜只能满心虔诚的地方，那一面凿满了石窟的崖壁上，在那被时光风化却从未磨圆的表面上，大大小小的窟门和深深浅浅的光影给无边的黄的单调与浮躁嵌上历史的斑驳。

专门的讲解员早已在等待，在窟内，她的手电灯光照亮了这场非凡的旅程。从她的口中我得知，莫高窟的修建持续了一千多年，因而不同时期的石窟风格迥异。徜徉在这壁画和雕塑的视觉盛宴中，仿佛是在穿越千年历史的曲巷。

简单的交脚动作，硬朗如石刻般的衣纹线条，淡得略显单调的色彩，这一定是北魏的遗迹，带着战争年代特有的粗犷，在这些简单的窟中每一个脚步的回音都带着金戈铁马的金属震颤。

然后色彩突然华丽起来，线条突然飞舞起来，菩萨有如女子般的曼妙坐姿，带着玄妙而又恬静如出水芙蓉的浅笑，天王如妖怪般狰狞，额头上的青筋如细蛇般游走吐芯，这一定是到了盛唐。每一朵花仿佛都是雍容华贵的牡丹，每一尊飞天都仿佛是最飘逸灵动的仙子，每一寸画面每一尊塑像都放射着盛世的自豪。

然后色彩趋于素美，塑像仍保持着唐时的丰腴，但壁画却少了几分浓得化不开的繁华，这大概是到了宋朝。繁华依旧但不再有此等气派，仿佛是华彩乐章后一串更为轻柔的单手独奏。

最后浓艳再复凝入每一个轮廓，狰狞甚而怪诞的形象间弥漫着浓浓的异域风情，宣告着元朝在马蹄上驰骋而来，仿佛是乐曲终了时突然的变调，将音符推向新的高潮……

这是个让人深深地感受到时间却又忘记时间的地方。

在这部史诗的阅读中自然有那撼动心魄的一句。我不能忘怀第二百五十九窟的禅定佛塑像，他通身只有简单的袈裟线条，素净到平淡无奇，但当讲解员将灯光从他头顶打下，让投下的影子更分明地勾勒出他的轮廓时，每一个人都轻轻地惊叫出来：他两眼前视又仿佛视而不见听而不闻，但双眉又微微上扬，仿佛对佛理有了刹那的顿悟；最妙的是他嘴角那不易察觉的上扬，是那样恬静和悦，是发自内心的微妙而平静的喜悦，如冬日晶莹了薄雾的第一缕晨曦。在佛法带来的禅意中，他就这样微笑着看了千年的历史，人来人往。

这是几年后的对话了，那时我刚从欧洲回来。“你看到蒙娜丽莎了吗？”有人问我。“当然看到了，真的很美。”“真的？为什么美？”良久的沉默。“我不知道。那是不能用言语表达的。”那时我想起了这尊禅定佛。

我想这是莫高窟最动人之处，它充满了生命与生命的美丽。它历经了千年的建造，因而千年间它从未死去，而是生生不息，更加绚丽多彩。它不像埃及的金字塔或是希腊的帕特农神庙，它们的美丽丝毫不减，可让人觉得冷。因为它们已经死了，它们早已荒芜在时光中被历史风干了温度。而莫高窟因为中国佛教文明的传承而活着，它又以如此生动美丽的形式描绘着佛教，让哪怕是我这种从不相信宗教的人内心也会有奇特的共鸣感。它像都江堰那千年依旧发挥作用的水利工程一般，流淌着不息的生命力。

我们应该感激还有这样一种美丽的存在，让遥远的宗教如此亲切。这是奇迹。

而莫高窟的奇迹要不远去，它的文化就必须被传承。

目光落到那些讲解员身上，我感到一种欣慰。他们都是敦煌研究院的研究员，他们的讲解不仅专业，也饱含着自己的深情。我记得一位讲解员听到我因不能去著名的第四十五窟而遗憾后，用手电照着面前的一尊菩萨像说：“你看她的身姿，清秀的面庞，婀娜的曲线，清丽而不失华贵的衣饰，哪一点不如第四十五窟的漂亮？我每次看到她都会被这种女性的、圣洁的美所震撼。”那一刻，在感动中，我欣慰莫高窟的美有人去传承。

出了景区，我毫不犹豫地买了一本《讲解莫高窟》。我想我也希望做点什么，让莫高窟那飞舞了千年衣带的飞天能在人们的记忆中再飘扬千年。

回程中，又看到了那两排旱柳。

远处，夕阳化为地平线上最后的圣光，圣光中的莫高窟如那尊禅定佛，面孔如此古老，而又从未停止微笑。

历经千年的莫高窟，凝聚了从十六国到元朝历代的历史文化，让作者感受到了古老艺术神圣的魅力。作者以她独特的视角为我们讲述了莫高窟的美，更融入了自己的思考和感悟，使读者即使从未去过也能仿佛身临其境地体会到这种美的震撼。

——惠文评

繁华转角，遇见宁静

——上海·徐家汇记/王清扬

到上海想到去徐家汇，缘起于一本叫作《上海老洋房》的书。摄影的集子，收集藏匿于今日上海的那些风格不一、精巧别致的旧日洋房。建造他们的人，有试图在异国寻家的殖民者，有白手起家的民族商人，还有政界、文艺界的显要。后来他们或远渡重洋离开，或随岁月逝去。但这些绿荫里的花园与房子却留了下来，伫立至今，换了主人，风华犹存，让人怀念那个灯红酒绿的东方巴黎。于是聚集着它们的徐家汇，独担了一份隔绝车水马龙的宁静，时光在宁静里凝固，宁静里偶尔听见来自记忆深处的遥远喧嚣。

大上海。上海人爱他们的上海爱到排外是出了名的。外地人说，就是那南京西路、新天地、奇高的房价和满街的二十四小时便利店让上海人引以为豪。但大上海，不仅仅只有黄浦江畔的光怪陆离，家住上海的哥哥说："很爱上海啊，因为她什么都有。"

在循规蹈矩的"繁华上海一日游"之后，去往书中指引的徐家汇。

第一站，徐家汇天主教堂。毗邻气宇轩昂的上海教区主教府，这座红砖哥特式教堂算是上海最有名的天主教堂。从被暴晒着的大马路一转角，忽地进入一片花园似的小广场。人说“心静自然凉”，而这时两者像是相互成全了。穿过绿荫，来到高耸的哥特式双塔脚下。红砖的塔身，灰白的雕砌窗沿与塔顶，直指天空的铁艺十字，以及不懂含义的庄严石像——那样肃穆。不在弥撒时间的教堂是寂静的，窥伺两眼后悄悄离开，怕惊扰了安睡的虔诚。

第二站，上海电影博物馆。游客需按引导先直上四楼再一路逛下，进行一场上海电影、中国电影的时光之旅。爱电影的人自会喜欢那些老明星黑白照片墙、聚在一起的各年代摄影机、特技工作室。但这同样是一个可以发现上海的地方。接连成片的老上海街头微缩片场、长长的上海老电影院清单，爱上海的人、留恋过去的人或许会驻足凝视吧。洋人们带来了掠夺，带来了科学，也带来了信仰，带来了电影文化。老上海人爱电影，如今的人们爱电影里的老上海。天鹅绒夜空下是灯火通明的租界街头，黑色风衣的男子和花旗袍的女子或匆匆或悠悠，黄包车摇晃而过，银漆的流浪儿三毛睁着无辜的大眼睛怔怔望着这一切。老上海是喧嚣嘈杂的，但在时间沉淀后的光影里，它变得宁静。留声机吱呀唱着：“夜上海，夜上海……”

最终，徐家汇老房子；衡山路、武康路、淮海中路再到陕西南路；宁静的、干净的、属于记忆属于艺术的老洋房街区；轮船样的巴洛克式公寓、淡黄的斑驳的西班牙墙面、意大利的圆弧与小窗、奶油一样的文艺复兴式砌栏……各国的院子，好像都宁静安详地聚在这里了。如今，它们有的继续做私宅，有的被商业开发，更多的则是变身为咖啡馆或概念小店，有店主精心设计的橱窗和内饰，据说常会有艺术沙龙或展览，文艺小资的人们喜欢来这里会友和淘东西。爱这里的人们用这种方式守护着宁静。一家家院子前是将整条街拥在怀里了的成排的梧桐。少有路人经过，偶尔匆匆开过一辆汽车。工作日的上午，徐家汇的老房子是彻底清静的。藏匿于其中的还有已成为博物馆的宋庆龄、巴金等名人故居，许多伟大的事业与作品就曾在这安谧之地完成。宋庆龄曾说："去北京是去上班的，到上海才是回家。"

这里有故事，有传奇，有丰富和厚重的艺术文化，但它常是这一副静默的模样。邻近的商业区浮华嘈杂，而这里的老房子是凝固的音乐，不必吭声。

武康路的尽头是上海戏剧学院，不远又是上海交大。这两所高校的学生们是幸福的，随时追随国际大都市的节奏，又得以不身陷其中，转身便可回到历史的街角，倾听心灵的声音。

爱上海，不是因为站在现代潮流尖端的浦东，不是因为奢华繁丽的外滩，也不是因为沉淀时光的徐家汇。爱上海，是因为浦东的对岸就是外滩，而外滩背后，便坐落着徐家汇。

不爱时尚潮流的浦东，不爱奢华亮丽的外滩，作者却独爱宁静悠远的徐家汇。一幢幢洋楼小院，汇聚着多少上海滩的旧梦。作者游徐家汇，不仅看到了它独特的艺术文化，还体会到它远离城市喧嚣的宁静，在上海越来越现代化，高楼林立的时代，这里依然是宁静的历史街角。

——惠文评

生活的温暖/刘牧丰

我要的只是一束春光，你却给了我整个春天。

——题记

“长安孤客，又见秋风。凄凉客栈，梧叶飘黄。故人何在？烟水茫茫。”

我孤身一人，走在岑寂的巷陌。迎面而来的，是一个个冷漠的面孔。梦中朝雨，在脑中挥之不去。奈何浮生飘蓬，那些曾与我对酒当歌的狂朋怪侣们，你们身在何方？我们一起听过骏马奔驰而去的疾风，看过在草尖上跳跃的橘黄色阳光，温暖过彼此的生活。而现在，你们是否已经将我遗忘？一片片飘落的梧叶，是寒冬逼近的脚步。我该怎样熬过这个冬天？

我试图用日复一日三点一线的生活来麻痹自己，借夙兴夜寐的疲劳来忘记痛楚。可惜，这些都是杯水车薪。我一步步滑入悲伤的深渊，无法自拔。成都无雪，而我的生活早已千里冰封。

这个冬天，一个普通的晚自习。下课后，在喧闹纷扰中，有人将一个牛皮信封递到我手中，“你的信！”信封上，是那个再也熟悉不过的名字。一把将其塞入怀中，我匆匆向寝室走去。

待到室友皆已睡去，我小心翼翼地撕开信封，满怀激动与好奇，摁亮了灯。昏黄的灯光，将信纸上的正楷映衬得更加眉清目秀，浓郁的墨香依稀可辨。信的开头，一个逐渐被淡忘的昵称，一下把我拉回到那段被挥霍的时光，跃动的荒唐青春里。一幅幅流光溢彩而又咫尺天涯的画面如卷轴般徐徐展开，往日的欢歌笑语流淌在这封信的字里行间。浓浓的，是无尽的关怀和思念。这思念，如同芳草在池岸滋长，如同琴瑟在风中浅唱，如同彩蝶在空中彷徨。我渐渐羽化的思绪，徜徉浸润在温暖的海洋中。信的末尾写道，“我们都想你”，还附上一个大大的笑靥。读到这里，我的泪水决堤而出……这封信的每一句话，每一个字，甚至每一个标点，都是一束束春光，融化了我内心的坚冰，温暖了我凄清的生活。信只有一页，我却读了好几遍，仿佛要把每一个字都铭记下来。

读罢，已是子时。屋外是寒风长啸，屋内却是温暖如春。我提笔，在回信上写道：“这封信本身的意义已经远远超过了它的内容。谢谢你，给了我熬过这个冬天的温暖……”

罗曼·罗兰说过，爱，是熊熊燃烧的火焰，照亮了黑暗。谢谢你，没有将我遗忘。你这份永志不忘的爱，让我的生活四季如春。

当我们被生活的麻木湮没时，一封信就具有了特

殊的意义，如同一束春光，照亮了天地。其实，无所谓形式——是手写的信还是短信，无所谓内容——是回忆过去还是展望未来，甚至无所谓写信人是谁——只要曾经拥有共同的时光，就够了。作者选取一个细节，语言疏放而又细腻，并未具体说明写信人是谁，信又写了些什么内容，而是以自己的感受为重点，通过心理变化叙事，有一种含蓄的美感。

——天莺评

小说初探

小说是一个美妙的世界，那里有各色的人和奇妙的事，有光和热，有血和泪，有苦和甜，有美和丑……我们这些花季少年，一旦闯入其中，便不能自拔。他们热情似火却又惴惴不安，他们唯恐画虎不成，却又心有不甘。

无论结果如何，这种勇气，弥足珍贵；这种热情，值得呵护；这种尝试，值得期待……

借琵琶，倾一世芳华/杨芊

她不是生而为弹琵琶的。

她写得一手好字，运笔轻俏秀丽，让人想起有雕花镂窗的小轩阁楼；她也写得一手好文章，文风亦古朴典雅，宛如古时温婉内敛的女子，自知明艳，更是沉吟。于是，她想当一名作家，奋笔三年，初得一本小说，不料因一场火灾文稿尽失，她的双眼也因这场事故受损，只能感知模糊的光影。待她出院，朋友请她到家里调整情绪。友人小心翼翼的措辞亦未能阻止悲伤将她湮没。她一俯身，任泪水肆意而下。

然而她感觉自己伏在了什么之上，如同跌倒时被人猝不及防地轻轻扶起。触碰间，她觅获到经过打磨却依旧带着温柔质感的木的纹理。虽是一件静物，她却觉出了游丝般淡淡的温暖，好像把她的手浅浅地握住，缓和她冻得生疼的心。

她一惊，忙问朋友这是什么。朋友不好意思地回答说，这是他从一位老琴商那里买来的琵琶。那时他还是一位怀揣音乐梦想的年轻人，不顾家人阻拦跨遍了半个中国拜师学艺，可就要学成时，却不知怎的再没能坚持下去。大概那只是一个人年少时炽热又注定短命的梦幻吧；有时真让人惊异，曾经可以撑起天地的手却再也拾不起那琵琶。他生命中曾经最爱的物件便被放在这里，做了个摆设。她静默地听着，摸索着用手拨弦，一声似极力忍耐却终究哭出声来的颤音让她又一次泪如雨下，却不再是为了自己。她和这只琵琶，就如两颗同被冷落了的心，一个被命运，一个被主人，转过错综复杂的街道拐角，在阴郁的天空下相遇了。

于是朋友把琵琶赠予了她。她一回家便把自己关在房间里练了起来，家人敲门叫她吃饭，她竟也不理。父母只得把饭菜放在房门口，无奈离去。原本以为她是因悲痛而癫狂了，却见她终于走出房间，身穿理好褶子的旗袍，头上是盘得一丝不乱的发髻，整个人如同从时光中款款而出的琵琶仕女。她平静地说，这几日没有人指导，她想请一位老师。家人看着她眼中未变的冰冷却有了微光闪动的痕迹，诚惶诚恐地请来了老师。

也有友人认为她不该放弃文学，“琵琶，只不过是你麻痹自己的借口罢了，你的心，仍是一颗作家的心啊。”语一出口，那友人便后悔了。她闭上眼睛，四周寂静，连风也怯怯，紧张得轻轻牵起她鬓角的发，颤颤地恳求她别再悲伤。良久，她睁眼空望着自己曾记得的世界在眼前化作了紊乱的光晕，低声说：“可是前生，已经不再。”

或许此话不假，这世间有千百种爱，却没有一种爱可以重来。那天夜里，她仰面任星光洒在脸上；取出琵琶，轻奏一曲，如斟一杯凉酒，向星光，向自己失落的故乡。是夜，天地间似有神明的低吟流转；野花暗香浮动，山林含泪聆听。

初演的那天，她身着古代女子大红的嫁衣，头发被钿头银篦别起，让人恍然，她的前世，也许真是一位抚弄琵琶的女子，惊艳过同一片天地。她颔首，眉头轻蹙，指尖戴着的龟甲触弦的刹那似也拨动了时空与命运交错的万端连线，每一声音响都是一次刻骨铭心的悸动。

散场后，人们梦也似的感叹她是最好的琵琶艺人了。能懂音乐如此，此生足矣。

可她想，用自己本应有的生命，本应有的芳华换来的友谊，确是至真至纯，因而不算少。

却永远也不算多。

语言华美，情意饱满，全文有如一杯浓郁的铁观音，是中国的东西，但猛地一口却尝出似现磨黑咖啡的味道。只有当那股猛劲过去，再咂吧咂吧味蕾，才有一股子清新淡雅的乌龙茶的芬芳充满口腔。人生多舛，免不了有幸与不幸，有苦有甜，正因为如此，才构成了苦乐年华。人之于世，寻寻觅觅，有的东西失去了就不会再来，有的东西在不经意间却突然造访。在得与失之间，人们品尝到忧郁的幸福，或者说是幸福的忧郁。

——思成评

父与子/耿毓聪

父亲是负责的父亲，像一座踏实的大山。

儿子是天真的儿子，像一张纯洁的白纸。

父与子会在晚饭后出去散步，天天如此。

在路上，儿子看到几个中年人堆着虚伪的笑脸寒暄，他问爸爸：“爸爸，爸爸，那几个人为什么要假装开心，不把真面目露出来？”爸爸的笑脸凝固了，他是个负责的爸爸，不放过教育儿子的每个机会，答道：“因为真诚待人的人会吃亏，人人都自私地想着保护自己的利益，所以会把自己的心锁得死死的，不给人看见。这是不对的，宝贝。人要真诚。你以后如果和他们一样，爸爸会失望的。”

儿子点点头，记下了。

在路上，儿子看到一对情侣正在同一个母亲模样的人争吵。他好奇地凑上前听，却皱着眉头回来了。他问爸爸：“爸爸，爸爸，为什么没钱没房的人就不能得到爱？”爸爸觉得这又是一个教育儿子的绝佳机会，便回答说：“因为在我们的社会中，现实就是这样。面包和爱情不能兼有，面临选择时，人们大都会选择面包。在这样的社会中，物质总是比精神占据着更重要的地位。不过这是不对的，宝贝。爱情是人类最伟大的感情之一。作为一个人，你一定要坚持去爱。要不然，爸爸会为你感到悲哀的。”

儿子点点头，记下了。

在路上，儿子看到一群面无表情，眼神空洞的人匆匆行路。他很疑惑，问爸爸：“爸爸，爸爸，为什么这些人都像枯死的木头，一点都不快乐？”负责的爸爸连忙抓住这个机会教育儿子，说：“因为他们没有信仰，没有希望。生活的重担让他们麻木，忘掉自我。他们早已失去年轻时的热血和勇气，不追求，不捍卫，不相信，不想象。这是现在社会中很多普通人的生活。他们只能偶尔缅怀一下逝去的青春，接着就又堕入行尸走肉般的生活中。这是不对的，宝贝。你应该永远勇敢，永远相信，永远保持自我。否则，爸爸不会幸福的。”

儿子点点头，记下了。

他们一路走着，父亲说了很多，儿子听了很多。

父与子会在晚饭后出去散步，父亲总要教育儿子人生中的是是非非，向他叙说自己的期许，儿子总是认真地听着，记下父亲的嘱托。天天如此。

一天天，儿子长大了，踏入了社会。

终于有一天，父与子再不能一起散步了。

儿子死了，他选择了自己的死亡。

因为他不得不堆着虚伪的笑脸与人寒暄，永远不知道面具下都藏着怎样的嘴脸；因为他不得不为金钱与爱人分手，独自品尝以爱情为代价换来的面包；因为他不得不任生活的重压一点点夺去他的希望和梦想，他再也记不起真正的自己是什么模样。

儿子的遗书很短，是写给爸爸的——

“爸爸，对不起，我不得不离开了。但这不是您的错。毕竟，如果在这个社会，真诚就一定会吃亏，您怎样教会一个孩子说真话？如果在这个社会，选择爱情就会饿死或者流落街头，您怎样教会一个孩子放心去爱？如果在这个社会，生活的碾压沉重得会让人失掉自我，您怎样教会一个孩子相信明天？我没有达到您的任何期许，我早已忘了自己对自己的期许是什么，但我至少还记得您说的话都是对的。所以，我选择了这个卑劣生命的退出。别怪我。”

这篇文章通过父与子的对话，展现了当下社会不得不面对的纯洁本真与残酷现实间的矛盾，可谓短小精悍，引人深思。很喜欢作者随处可见的对比和哲理之语，还有辛辣的笔风，睿智的思考。文章的结局很残忍，但耐人寻味，这究竟是谁的错？在孩子的童年时期，我们是否应该让他多看一些光明的东西，给他更多的正能量，从而得到向上的鼓舞。无论如何，请相信，这个世间总有那些愿做孺子牛的人，愿做火做光的人，即便是被戏谑为螳臂当车，也无悔此生。温存仍在，需你我勖勉共营。

——若琳评

老木匠的儿子皮诺曹/王孟琪

一

皮帕诺是整个镇上最好的木匠。他能修好波比断掉的桌子腿，他能为克里克夫人刻制木头雕像，他能为镇上最富有的汤姆制作一扇华丽的庄园大门，谁能说他不是最好的木匠呢！可不幸的是，老木匠皮帕诺没有家人，他没有父母，没有妻儿（因为他那樱桃一样红红的鼻子，可没有一个女孩愿意嫁给他）。他一定很寂寞吧？嘿！你可别这么说，谁不知道皮帕诺十年前受到了天上仙女的恩惠，有了一个木头儿子，这事都传遍啦！

皮诺曹今年已经十岁了，你问皮诺曹是谁？他就是老木匠皮帕诺的木头儿子呀！你可别嘲笑他的名字，老木匠皮帕诺可花了整整一晚上的时间，在图书馆借来的迷你字典里找到了这个漂亮的名字。他为这个名字开心得不得了！甚至将这个名字刻在皮诺曹的脑门儿上，这样镇上的人们不仅知道了皮帕诺有一个可笑的木头儿子，还知道他的木头儿子有一个更可笑的名字叫皮诺曹！我们今天要讲的就是皮诺曹遇见的一件怪事。

老钟的指针正指向八点整，皮诺曹正赶着去上学，他就像是一只快乐的小马驹，今天的他可跟往常不一样。

“老木匠的儿子皮诺曹！”面包店的哈斯老太太刚打开店门，“你从哪儿弄来了个五颜六色的假发套?！”皮诺曹很生气，他生来就没有头发，班上那个酒红色头发的臭小子总嘲笑他是一只脑门儿上印字的秃驴。

“哈斯太太，你可不懂，这可不是什么假发套，我一夜醒来就长了这样的头发。”

刚说完他就惊恐地捂住了自己的嘴巴，他怎么把这么重要的事情忘记了！小镇上出售外地食品的贝克商店可不卖后悔药。他的鼻子“噌”的一下变长了！

“哈！你这个爱说谎的小秃驴！”

“你这只老母猪！”皮诺曹转过头愤怒地喊道，鼻子却戳到了哈斯夫人刚出炉的面包，他迅速地转身继续往前跑。哈斯夫人站在路中央气愤地大叫：“你这兔崽子！别跑！看我不把你的屁股打开花！”

皮诺曹有一个小秘密，他只要说谎鼻子就会变长！不过只有他认为这是个秘密，事实上整个镇上的人都传遍啦！他们不仅知道皮诺曹脑门儿上印了可笑的名字，还知道他有更可笑的会变长的鼻子！

“谁叫他是个谎话精呢！”他的同桌克里斯汀这样说道。

皮诺曹实在是生气极了，他跑着跑着就拐进了一片蓝色的树林里。

“这里是哪里？我可从来没见过蓝色的树！”他摸着自己恢复原样的鼻子自言自语道。

他好奇地东张西望，这些蓝色的树总是和他一般高，不论他跳起来还是蹲下去。“嘿，你们这些蓝色的植物简直和我的鼻子一样奇怪！”

他慢慢向前走，看到了一条笔直的马路，一头猪正从中间穿过。他来到马路中间，被前面一只火红色的东西吸引了注意力，他缓缓地伸出脚来，轻轻地踢了一下，那只动物迅速地抬起了脑袋。

一只长得像猫又像老鼠的动物。

“你究竟是老鼠还是猫？”他问道。那只动物只是瞪着他不说话。

我怎么能期待一只动物说话呢，真是可笑极了，他想。于是他试探性地“喵”了一声，那只动物仍是瞪着他不出声。就在他失望地即将转身离开时，那只动物发出了“吱”的叫声。

“吱？”

“吱。”

“吱？哈哈，果然是只老鼠！怎会有这样怪异又愚蠢的老鼠！”

他将自己的愤怒发泄到这只老鼠身上，就在他想要踢上这只老鼠一脚时，这只老鼠就像丢进水里的胖大海一样膨胀起来，它的嘴里喷出红色的烟雾，“嘭”的一声变成一个红色头发的年轻男人，他穿着皮衣皮裤，下唇套着银色的唇环，头上长了一只红色的角。皮诺曹吓得一屁股跌坐在地上，那个男人红色的瞳仁里仿佛燃烧着来自地狱的火焰，夸张的眼线令他漂亮的脸蛋显得狰狞可怕。

他拎着皮诺曹的领子把他提起来，盯着他的脸说：“小东西，我可不是什么老鼠，我是只能幻化成人形的老鼠猫。”皮诺曹吓得全身发抖，请求原谅他这个只有十岁的孩子。

他哆哆嗦嗦地说道："对，对不起，老鼠猫先生，我无意冒犯你。"老鼠猫先生将他扔到地上，他的假发套滑落到地上。

"你这没教养的小屁孩，脑门儿上还印着可笑的名字！哈哈哈哈！"

老鼠猫先生笑得在地上翻滚起来，然后突然出现在他身后，"你这可爱的小秃驴，让我带你去一个好玩的地方。"

他抓起皮诺曹的手，闭上眼睛念了句咒语"叭喀啦咔嘿！"红色的发丝飘舞起来遮住了他的眼睛。一秒钟的时间，皮诺曹发现自己已经站在一家酒吧门前，这家酒吧有个可笑的名字，叫作"可笑的酒吧"，这真是怪异极了，老鼠猫先生抓起他就摔了进去。

二

这里面安静得可怕，没有五颜六色的灯光，没有摇滚乐队扯着嗓子嚎唱着听不清歌词的音乐，没有性感惹火的美女们跳着扭来扭去的舞蹈，只有一扇没有花纹的白色的门。老鼠猫先生整了整衣领，又变出一面镜子理了理头发，随后他牵着皮诺曹的手，对他做了个"嘘"的手势，转动了白色的门把手。

一条长长的走廊，一排没有尽头的房间。

他们一直走啊走，皮诺曹已经在心里数到第八百八十八只老鼠猫了，他的脚跟麻木地移动着，他的眼皮闭得死死的，只要能让他躺下来，他能在五秒钟内睡着。

老鼠猫先生终于停了下来，来到了门牌号为1104的房间，他从头发里摸出一把老旧的钥匙。皮诺曹终于睁开眼。

“那些房间里都有什么？”

“嘘！！”

他一把捂住皮诺曹的嘴，迅速打开门把皮诺曹拖进去又轻轻地关上门。他凑到皮诺曹的耳朵边上轻轻地说：“那里面都住着吃人的怪物！”他调皮地眨了眨眼，火红的瞳仁里有亮亮的光。

这个房间意外的宽敞，粉色的墙壁，粉色的家具，之后，皮诺曹见到了他这十年来从未见过的长得最好看的男人，这个男人坐在一张玫瑰色的沙发里，穿着整齐的蓝色西装，正一个人举着高脚杯喝红酒。

在注意到他们之后，那个银发男人将酒杯放在桌子上，优雅地站起来，老鼠猫先生简直高兴得要跳起来，事实上他也的确这样做了，他一边大声叫着“哥！”一边跑向那个男人抱着他的脖子吊在了他身上。

“这个小家伙是什么东西？”

“我今天在路上遇见的一只可爱有趣的木头猴子！”

皮诺曹很生气，他才不是一只木头猴子，他能说话，会读书，还有一个最厉害的木匠爸爸。可他实在是被今天经历的一切吓坏了，于是他选择沉默不说话。

“噢！我知道你！你是不是皮诺曹？”

“是的先生，您怎么会知道我的名字？”皮诺曹惊讶地瞪着银发男人。

“因为你的脑门儿上印着你的名字啊！”

“哈哈哈哈哈哈哈哈哈哈哈！”老鼠猫先生发出尖锐的笑声。银发男人也在笑，他笑起来的时候脸上有两个大坑，真是难看极了，皮诺曹收回了对银发男人外貌的欣赏，他想，真是一个白痴丑八怪。

“别生气，只是开个玩笑而已，我确实知道你，你是皮帕诺的儿子对吗？”皮诺曹生硬地点了点头。“事实上，正是我赋予了你这块普通木头的生命，而并非像人们所说的那样皮帕诺受到仙女的恩赐。如果不是我，你早就在十年前就被做成一条四脚小板凳或是葬身在皮帕诺家书柜旁的壁炉里了。”

皮诺曹的木头脑袋不太能想象整天被人坐在屁股底下或是噼里啪啦被烧个不停的感觉。

银发男人还在继续说：“我知道，你一直想变为一个真正的人，而非现在这副可笑的样子，你顽皮的灵魂受够了这副僵硬的木头壳子和那一说谎就会变长的鼻子。”

三

皮诺曹简直高兴得不行，他的眼珠子骨碌骨碌地转着。

“哼，我就知道，这些怪异的事情发生总得有一个原因，我皮诺曹从来都是受上帝眷顾的孩子，今天就是我命中注定蜕变的时刻！！我也会长出漂亮的头发，我受够了班上那群小屁孩的辱骂！我将变得帅气无比玉树临风，女孩子们都争相递给我粉色的情书。”皮诺曹沉浸在自己的想象里，脸上浮现起猥琐的笑容。

“喂！木头猴子！”老鼠猫先生扯着皮诺曹的耳朵大声叫道。

“是，是的，先生，怎么了？噢，请原谅我一时的失态，呃，这位银发的先生，我应该称呼您什么？噢，这也并不太重要，噢，尊敬的阁下，我知道，您法力如此高强，您能帮我个小忙吗？我的意思是，您一定有办法使我变成一个普通人吧！”

他谄媚地笑着。银发男人眼里有戏谑的笑容，他又拿起高脚杯慢慢地把玩。

老鼠猫先生又发出了尖锐的笑声，“哈哈哈！可爱的小秃驴！今天我带你来这里就是要帮你变为一个真真正正有血有肉的人啊！”皮诺曹兴奋地弯腰朝老鼠猫先生行了一个绅士礼，“噢，谢谢您！我，我简直不知道应该如何报答！”他的眼里甚至快要泛出泪光。

“皮诺曹，我并不想要扫你的兴，但你得知道，这世界上可没有免费的午餐，你得付出相应的代价。”银发男人缓缓拿出一根魔法手杖。

“是的！尊敬的先生！我当然知道！我愿意付出任何代价！任何的代价！”

“是吗？好的，我很欣赏你的果敢，我要的并不多，事实上这要求也对我没有任何好处，这只是魔法实施的必要条件。”他蹲下来直视皮诺曹的眼睛，“只要一样东西，你只需要为我准备一样东西——你的父亲，这镇上最好的木匠皮帕诺的一只眼球。”

皮诺曹脸上兴奋扭曲的表情消失了，他从忘我的激动中冷却下来，似乎是被刚刚那句话吓傻了，他呆呆地盯着银发男人，不说话。

“噢。”银发男人直起腰，“看来你并不想变为一个普通人了，我们之间的交易似乎并不能达成了？”

看到皮诺曹的犹豫，沉默，银发男人进一步说：

“我并不需要你杀死他，只是一只眼球而已，老木匠还是镇里最好的老木匠，他还是能做好他的木匠活儿。”

“不！先生，我不愿意！”

老鼠猫先生和银发先生都同时感到很惊讶。

“这是为什么呢？”银发先生问道。

“因为他是我的父亲！”

“你们毕竟不是亲生的呀！”

“那又有什么关系呢！”

“那你不想做真正的人啦？”老鼠猫先生说。

“真真正正的人怎么会去刺他父亲的眼睛呢？”

“那我就帮不了你啰！”银发先生双手一摊，表示无能为力。

皮诺曹终于爆发了：“不！我不要你们的帮助！我不要做你们所说的那种人，我就做现在的自己！”

皮诺曹满脸愤怒，他一溜烟地跑开了。他要立刻跑回家，他要马上去抱着父亲痛哭一场，然后向他讲述今天所遭受的侮辱和委屈……

看得出来，作者一定看过不少童话，诸如“皮诺曹已经在心里数到第八百八十八只老鼠猫了”之类的话有着浓烈的童话风格，作者把成人世界中随处可见的事放在了永远单纯的童话角色身上来发生。一个成功的童话一定是有着强烈的对比，反差，讽刺意味，应该说本文在这一点上做得很好。本文还有强烈的现实针对性，皮诺曹的单纯，不为巨大的利益所诱惑，对父亲真挚、纯洁的爱，也是现实世界中许多成人所不及的。

——思成评 

两棵树/耿毓聪

榕树刚刚抽出新芽，就爱上了身边的棕树。

棕树的枝干是那样挺拔，脆弱中透出一股坚韧。棕树的新叶是那样苍翠，鲜嫩中散发着生命的力量。榕树突然就明白了自己生命的意义，那就是永远陪在棕树身边，守护他。

于是榕树悄悄地伸出一条细枝，搭在了棕树的肩上，她想拉近和他的距离。

棕树没有说话。

榕树想："这就是默许了。"她很开心。

日子一天天过去。

棕树开始长高了，他嗖嗖地蹿着个子，榕树觉得自己越来越难跟上他的步伐。可自己不是发誓要保护棕树吗？个子都没他高还谈什么保护呢？所以榕树开始逼自己把根扎得更广更深，尽力地榨干了脚下的每一寸土地。她的枝干终于够着棕树的头顶了。

榕树松了一口气，温柔地伸出臂膀搂住了棕树的脖子，心想，自己终于可以休息一下了。

棕树没有说话，也停止了嗖嗖蹿个子。

榕树想："他在我的臂弯里一定待得很舒服吧。"她很开心。

日子一天天过去。

棕树开始变壮了，日益长粗的枝干绷得榕树的手臂很疼。她想要拥抱他是越来越吃力了。榕树有些生气，棕树怎么能这样不体谅自己呢？她的手臂是多么痛苦啊！可她原谅了棕树，她认为棕树只是不明白自己的爱。所以榕树不再把养料花在长出叶子上了，她用力地长长自己的手臂，一圈圈更紧地抱住了棕树。

榕树淌着深情的泪，用伤痕累累的臂膀把棕树紧紧地搂在怀里。

棕树仍是沉默，却不再长壮了。

榕树想："他终于明白我的爱了。"她很开心。

日子一天天过去。

棕树这天探出了新的枝叶，它们固执地从榕树的臂膀中挣了出去，沐浴在热带雨林的冷雨中。榕树很担心棕树会受到伤害，毕竟他一直舒适地生活在自己创造的温柔乡中，怎会懂得外面世界的险恶呢？他怎么会有自己懂得的多呢？榕树还很害怕，棕树是厌倦自己了吗？他不想和自己在一起了吗？他爱上了别的树吗？所以榕树伸出了枝条，想把棕树的新枝叶拉回来。

榕树蜿蜒着握住了那丛新枝叶，耐心地把它们牵回了自己的怀抱。

棕树愈发沉默，但不再长出叛逆的新枝叶了。

榕树想："我们终于可以一生相守了。"她很开心。

日子一天天过去。

七百年后，一位导游带着一群游客来到了热带雨林，向他们介绍一处雨林奇观——

“绞杀，就是一株植物缠绕在另一株植物上，占尽这株植物的阳光养分，使它无法生长。当被绞杀植物死去腐烂后，就只剩下了绞杀植物的枝干。你们看，这株榕树空心的地方曾经是一棵棕树。”

榕树伤心地望着自己空空的怀抱，孤独地立了这么多年。她不知道棕树为什么离开了自己，她不知道为什么自己终究没能保护棕树。她更不会知道，棕树想要的只是一点爱，和自由。

作者构思巧妙，以两棵树为主人公，一棵是一心一意爱着棕树想要保护着他的榕树，一棵是因为榕树太过“严实”的爱被逼迫着一步步走向死亡的棕树，自然地引出了文章所要揭示的主题，也让人联想到了在生活中也是一样，人们往往因为爱的理由剥夺了别人的自由，往往想要保护一个人却适得其反。文章情节衔接自然，对榕树的感情也刻画得恰到好处，描写生动细致，读罢回味无穷。

——惠文评

火车快开/袁唯寒

不知道是第几次听到这熟悉的哐当，哐当，哐当声了，不过每一次听到，感受都或多或少有些不同。

火车也许累了吧，如它所载的旅人一样。同样的节奏，敲击了不下万次，日复一日的，在到达下一站之前是没有机会停歇的。

不知不觉中，列车开进了沉沉夜幕。车头的大灯当然是亮着的，光束照得很远。前行的道路上除了枕木、铁轨，就是数不尽的碎石。它们摩擦烫了，又凉了，变冷了。车窗外面飘着小雨，雨在玻璃上一道一道地划着，每一滴又散开成了许多小滴，流淌不动的，静静待在那里。车窗里面已经起了一层薄薄的雾气，人们困倦了，都没有伸手划破它的冲动，任凭薄雾模糊了视线。

夜晚。火车上显得更安静，踏上归程的游子和奔波在外的旅人都提不起太多兴致，或是想着什么，或是早早休息了。

我斜靠卧榻，被子上闻得到新洗过的气息，可我不想太早入睡。或许，单调的哐当，哐当，哐当，更易成为不眠者的伴侣。

车厢中已有人微微起了鼾声，起伏很温和，像在轻轻抚摩着你。我懒懒地靠着，思绪已飘出了铁轨的线路。

其实现在，在很多地方坐火车都已听不到记忆中的哐当，哐当，哐当声了，因为新铺的铁轨已经为列车引好了航向，不需要任何多余的动作。但在最原汁原味的火车上，只有一次又一次的碰轨才可以确保不偏离航向，每一次碰撞，都是对一点点偏出的角度做出修正，而这是永不止息的。

我也有这样一条铁轨供我碰撞吗？我只知道我的心脏不断地撞击着我的胸膛，我伸手去感知每一次撞击，我察觉得到它的所在，但我怎么也辨不出它的方向。我想要去哪里呢？

如雾气弥散在车窗上一般，前方的未知萦绕在脑际，不去想它。我紧靠住我的枕头，仿佛它会溜走似的。

列车一路向西，偶尔路过一些小集镇的时候，一个个不熟悉的地名飞快地从车窗外飘过，零零星星有些泛黄或是惨白的光束渗进车内，映在旅人们的脸上，熟睡的面孔都很安详。

可谁知道，路过的一个个小集镇上，或者连小镇也算不上的地方，又是怎样一番景象呢？这是在高原上了。戈壁，石子，还是漫漫黄沙？可它们都是冰冷的。也有草甸，大片大片的草甸，土层不厚，还偶有些小花，可总是很少会有人，人都躲起来了，躲在暖和明亮的地方，躲在视野之外了。

“同学，你是哪里人？我是成都的，听你的口音我们是老乡吧。”

这问话让我多多少少有了一丝宽慰，至少我不是列车上唯一难以入眠的人了。可我的嘴却不是什么时候都听使唤：“哦，你可能听错了，我不是四川人。困了就早点休息吧。”

可能我的冷漠太过于露骨，那边再没了回话。我的思绪却久久难以平静，为什么我不经意间就撒了一个谎，是困倦了吗？可我的孤独早已湮没了困意。可能人越无助的时候就越是拼命把自己裹紧，怕再受到一点伤害吧。最后，是自己繁复的外壳把自己的空间侵蚀得难以呼吸，却失去了打破禁锢的最后一点力气。为什么不说：“我们交个朋友吧？”

好了，别太过自责。火车快开吧，到站就好了。

可到站又怎么样？奔跑的旅程是累了就可以停下的吗？我到底在等待着什么，我又思索着什么？或者，我要向哪里去呢？

彻夜无眠。

夜深了，列车广播再次响起了那温柔的女声，或是怕吵醒了睡梦中的旅客，声音很轻：“德令哈火车站就要到了，请要下车的旅客做好下车准备。”

到德令哈了吗？似乎听说过，应该是一个渺远的地方，不过我也一无所知。只不过，却有人曾与我一样，在西行的火车上写下了属于孤独的日记。

日　记

海子

姐姐，今夜我在德令哈，夜色笼罩
姐姐，今夜我只有戈壁

草原尽头我两手空空
悲痛时握不住一颗泪滴

姐姐，今夜我在德令哈
这是雨水中一座荒凉的城

除了那些路过的和居住的
德令哈……今夜
这是唯一的，最后的，抒情
这是唯一的，最后的，草原

我把石头还给石头
让胜利的胜利
今夜青稞只属于她自己
一切都在生长
今夜我只有美丽的戈壁空空
姐姐，今夜我不关心人类，我只想你

1988年7月25日火车经德令哈

火车快开吧，别让我等待。

火车单调重复的哐当声，窗外的细雨窗内的薄雾，疲惫的旅人，这些意象将我们带往那班午夜列车。在这种沉寂而又封闭的空间里，是很容易引发对人生和命运的思考的：我也有这样一条铁轨供我碰撞吗？我只知道我的心脏不断地撞击着我的胸膛，我伸手去感知每一次撞击，我察觉得到它的所在，但我怎么也辨不出它的方向。我想要去哪里呢？作者对少年人的迷惘刻画细致入微，对世风日下，人情冷漠，自我封闭，彼此隔膜的社会现实也有所揭示。

——陈禧评

狐狸君与小熊敦吉的故事/罗梦瑀

小熊敦吉用胖嘟嘟的小爪子捧着刚出炉的蜂蜜饼，蜂蜜饼是敦吉与小狐狸最爱吃的甜点，在清晨柔软的阳光下闪着金灿灿的光，散发出的香味中也带着诱人的甜腻。整个森林还没有睡醒，发出浅浅的鼾声。

咚咚咚——敦吉敲响了小狐狸家的木门，清脆的声音吵醒了四周沉睡的寂静。小狐狸揉着惺忪的睡眼，慢腾腾地打开了小木门，头上还戴着敦吉送给他的小睡帽，周身的绒毛也因为还未梳理而东倒西歪。小狐狸一见是敦吉，便欢喜地摇了摇毛茸茸的大尾巴，开心地扬起了嘴角，露出两个甜甜的笑窝。

“早上好啊！”敦吉踏进了狐狸家，用小爪子托起还冒着热气的蜂蜜饼捧到狐狸君面前，小狐狸把鼻子凑到盘子前轻轻嗅嗅，小嘴巴弯起了淡淡的温暖的弧度——如此熟悉的味道啊，每周都可以吃到的蜂蜜饼。

小狐狸没有说话，一声不响地把蜂蜜饼摆在松木餐桌中间，桌子上摆的是昨晚就准备好的两副餐具。

小狐狸坐在铺着小碎花桌布的餐桌前，把蜂蜜饼和着阳光一同分成一小块一小块的。

敦吉沉默了很久，然后嗅了嗅空气中的阳光，闭上眼睛，轻轻地说："狐狸君，"小狐狸动了动尖尖的耳朵，敦吉接着说道，"我要离开了呢，去旅行，去很远很远的地方。"

小狐狸舔了舔满嘴的蜂蜜，他嘴角上的茸毛粘满了碎碎的小渣子，略略顿了几秒，然后说："敦吉君的意思是——我会有一周吃不到蜂蜜饼么？没有关系的……"

"不。这是没有终点的旅行，"敦吉用爪子托着下巴，眼睛望着洒满了阳光的窗户玻璃，"我一会儿就要出发了，我是来跟你告别的啊……"

小狐狸的眼圈红了，他微微地抱着小熊敦吉，在他耳边悄声说："敦吉君，我会想你的。"

敦吉用爪子梳了梳小狐狸的绒毛，然后转身离开了，在他的身后，小狐狸用毛茸茸的大尾巴擦了擦小眼睛里含着的泪水。

敦吉就这样离开了，小狐狸知道，敦吉君是要去追寻自己所爱的东西。他记得从前敦吉总是在星空下跟他说起敦吉的祖父的故事——敦吉的祖父是旅行家，他从前常常对敦吉说："有一天，在无数次的旅行之后，你会找到自己的终点，会找到自己最爱的东西……"

现在，敦吉终于踏上了这条追寻的路，小狐狸不怨他的突然离开，小狐狸知道，好熊会有好报的。

后来的好多好多年，小狐狸都没有再见到敦吉君，他自己学会了烤蜂蜜饼，学会了在周六阳光明媚的早晨坐在餐桌前享受沾满阳光的饼子。小狐狸的小花桌布上永远都有两副刀叉，他总是相信，敦吉就快回来了。

当小狐狸长大了，在一个周六的早晨，他烤好了一块小小的蜂蜜饼，坐在小餐桌前梳理自己的大尾巴……

突然传来了咚咚咚的敲门声！

小狐狸的心跳漏了一拍——如此熟悉却又遥远的敲门声。

小狐狸颤抖着打开了薄薄的木门，站在门口的小熊敦吉望见了小狐狸眼里的泪光，然后露出了安心的笑容。他说：

“早上好！”

狐狸君动了动尖尖的小耳朵，然后伸出毛茸茸的小爪子紧紧地抱住了敦吉君。

——“我就知道是你，我就知道你会回来的。”

敦吉在小狐狸的耳边轻声说：

“原来地球是圆的，走啊走啊还是会回到最初的原点。”

原来最初的也是最美好、最温暖的，敦吉明白了，原来祖父所说的，最重要的，是最初的原点，是家。

一个很温暖的关于爱与等待的故事，字里行间透露出的那股天然让看似平淡的故事一下子变得灵动。对于每一样事物都有材料质感的描写以及场景的详细描述很有代入感。结尾敦吉的那句“原来地球是圆的”圆满了小狐狸的等待，这或许是所有看童话故事的人的心愿吧。

——陈禧评 

海盗船与泳者/杨芊

阿胖坐在椅子上，眼睛冷冷地看着水里，心中的热血却依旧滑稽可笑地如岩浆喷薄。

水里巨浪翻滚。那栖息在池子底部的一支最最厌世的清静的水流突然被一只神一般有力的铁拳击碎，从它静谧的美梦里嗷嗷叫着火箭一般冲出水面。本想直上云霄寻找与它久别的水神痛声哭诉，却在人间与天堂的交界处被另一支飞射过来的呜啦怪叫的水流击得粉碎，像无数蝇虻的尸体四仰八叉地摔回水里。而那空出的水底的净土则被喧嚷推挤骂骂咧咧，被原本浮在水面上的肮脏的浮沫与尘埃注满。整个水体承受着五脏六腑被捣碎的痛苦，在暴烈的击打中脱离地球的引力，又在直指地心的旋涡中坠落数百米。而整个暴乱的发动者，下巴朝天跳进泳池的人，在把头埋入水中，粗壮的双臂在水中惊世骇俗地搅动了令整个世界屏息静穆的一百二十秒之后，透过浪潮汹涌发现自己只前进了半米，还是被那惊慌失措做着大迁徙的水流推动所致。

阿胖叹了一口气。他无心叹惋泳者的技艺，却被那翻腾的力量与气魄所感染，仿佛游泳不再是一种行进而是一种翻天覆地的征服。他不禁又念起了一艘扬帆的海盗船，船四周的海水也被由船行引来的狂风呼啸和能令深海鱼震破肝胆的水手高声吼叫拍打得吞天沃日，沾湿云朵令闪电熄灭。阿胖曾深深爱着海盗的豪放：凡是眼睛看得见的海浪都是去处，可以随巨浪升入天堂，也可被卷入深涡遁入地狱。他摇摇头，“怎么又来了。”他想。

但他明白这一次他不会了，真的不会了。

上一次他产生同样的联想是在读一本描写海盗的幻想小说时。他的目光虔诚地跪拜在形容船长起航时眺望太阳的眼睛，他被海风理顺托起的长发，和他比罗盘还要坚定的心的文字前。

那时阿胖满眼热泪地抬起头，对身旁的妻子说：“我们出海当海盗去吧。”

他的妻子没有抬头，“去煮饭。”她说。

于是阿胖构思起了自己的出逃计划。他用一个卡车装下了自己所有的家当，却因从妻子那里骗来的钱连油钱和超重罚单都不够交而被迫放弃。

之后他便陷入了忧郁。他把热水壶上呼呼的蒸汽声当作被太阳晒得沸腾的海水的咒骂；把窗外干瘦乌鸦的嚎叫当成英勇海燕的战歌；把妻子的训斥当作最最丑恶的敌人在临死前从参差不齐的齿间喷出的恶臭的诅咒。

一定是如此动人的身体力行的祈祷，使得阿胖在一天早晨醒来时发现自己正站在一艘海盗船的甲板上，身着船长的衣服，前方是刚刚沐浴即将出水的太阳。来不及有任何杂念，阿胖赶紧将一只脚踏在船舷上，用深情的目光注视着那团光晕，却在日出的一瞬间被强光刺得狼狈地闭上眼睛，同时得到了胆怯小女孩的两行泪痕和一上午的晕眩想吐。他学着书中的样子用骂人的腔调大声呵斥水手，最后不得不软下声来请求烧菜的厨子给他颗润喉糖。他力求威武地单手舞弄捕鲸叉，终因臂力不济和技术欠佳将捕鲸叉掉入海中，致使晚餐没有了着落。

这时阿胖身旁一个水手嘲笑他说：你就像是个抡圆了膀子拼命划水的泳者，脑海里满是雄鹰在天空翱翔的画面，本质上却是瞎扑棱着如一只掉到河沟里愤怒挣扎的鸡。

阿胖想反驳他自己不过是忠诚地爱着那种奔放的情怀，可一个浪头打过来将他卷入水中。他想像书里描写的那样英勇就义，却出于对腥臭海水的厌恶和求生的本能抱住了身边一根浮木。

凭着对那本书的痛恨他活了下来，最终被敌人俘虏。在敌人手中被鲜血滋润得寒气逼人的刀刃面前他无力挣扎，只是虚弱地说：饶了我，我给你煮饭。

这时他睁开眼睛，发现自己躺在一张洁净干燥的白床上，周围有一些医生。他的妻子站在他身边，冷冷地说：医生说精神分裂的人不适合煮饭。

经过妻子精心的照顾，两个月后他痊愈了。明天他便要出院，现在他坐在医院的游泳池旁。

他倒真有点怀念那书里描写的潇洒感觉了。但，他明白，只是感觉，不是体验。另一个世界投到这个世界的影子五彩多姿，而它的实体却如所有事物一样粗糙真实，符合科学。

这时那位泳者从他身边走过。阿胖笑着对泳者说，你就像是个蹩脚的海盗船长，满脑与海洋搏斗的画面，本质上不过是一个大海的囚徒。

立意很深，语言很烈。丑都丑到了极致，美也美到了浓烈。整个故事画面感很强，有一种震撼人心的力量。表达的主旨比较含蓄，幻想不切实际终会被现实打败，人不能活在梦境里。其实dreamers需要realists告诉人们不要把梦想放飞得太高，而realists不能没有dreamers，因为没有dreamers，人们的梦想可能根本不会起飞。总之，语言很老到，故事很新颖，结构节奏都很好。

——毓聪评

粉红色玫瑰/杨芊

胖太太站在水槽边洗着衣服，时不时透过窗户望望街角的花园。下午的风，温柔，让人沉醉，胖太太发出一阵被折服的叹息。她仿佛能听到金色的阳光洒在花园里一株株淡粉的玫瑰花上又被轻轻溅开的声音。

胖太太一边把洗好的衣服抱到房子的另一侧，一边让自己的思绪继续徘徊在那粉红色玫瑰的香味里。小的时候，她的妈妈总说自己褐色的长发与粉红的玫瑰搭配起来美极了；年轻时，胖先生还经常买来送她呢！可现在呢？老啦！再没人记得自己的粉红玫瑰梦了！胖太太摇摇头笑了。

不，也不能这样消极。她有两个儿子——就是顽皮了些——双胞胎，蜜橘和甜瓜，两人浅黄色的小鬈发跟他们的爸爸一模一样。对，胖先生对她也很好：胖太太微笑着想起他新为她买来的梯子，这样从阁楼里拿东西可就方便多啦。邻居呢？自是不错！隔壁的枫糖夫妇为了让街角花园不被人弄坏，还专门为它修建了一圈结实的栅栏呢。枫糖夫妇还有一只可爱的小狗，最近刚下了只小崽儿，肉嘟嘟叫人怜爱得不行。另一个邻居酱果太太也是胖太太的老朋友。酱果太太最喜欢绿草，她可把自己那块修剪得整整齐齐的草坪当孩子呢。“可别让你那蜜橘和甜瓜把草踩坏了啊！”她经常对胖太太这样说。

怎么会！胖太太想，那两个孩子是有些调皮，可还没到破坏分子的地步。今天早晨胖太太让他们穿上了新买的白色套装，谁能说那不是两个小天使！

“嘿！妈妈。”突然，甜瓜的声音在胖太太身后响起来，接着便是一阵低低的窃笑。胖太太愉快地一转身，正要给两个孩子一个拥抱，却不禁愣在那里了。

两个小男孩身上穿的正是那白色套装，可现在已完全看不出一丁点儿白色了。蜜橘和甜瓜从头到脚，除了清澈的眼睛和明媚的笑容，全都粘满了泥。

“这，这是怎么了？”胖太太结巴地问。

“哦，没什么。酱果太太让我们帮她整理草坪来着。”蜜橘漫不经心地回答，伸手从泥泞的头发里捉出一只甲虫。甜瓜兴奋地大叫一声，把头凑过去。

“整理草坪？”胖太太困惑地说，“她怎么会让你们去做？”

“哎呀、哎呀，她当然不想让自己的草坪坑坑洼洼被人看见！”甜瓜头也不抬地逗弄着在蜜橘手心里肚皮朝天的甲虫，“不过说实话，那草坪被踩得真叫坏！”蜜橘用手碰碰甲虫乱动的细脚，附和着严肃地点点头。

胖太太看着两个孩子，一下明白过来。她的脸瞬间被蹿上的怒火映得通红：“你们踩坏了酱果太太的草坪？！”

蜜橘被妈妈的怒吼震得失手弄掉甲虫。两人一屁股坐到地上，扑腾着重新捉住了那惊慌失措的小东西。蜜橘不满地说：

“又不是我们，是枫糖家的狗！我们好不容易把那些倒伏的草都扶了起来，可把我们累死了！你看这甲虫可要被摔坏啦！”

胖太太正为酱果的草坪难过，又听到枫糖家的狗，越发不解和怒气冲冲地说：“那只可爱的狗？它干吗要追你们？”

甜瓜把蜜橘手上的甲虫抢过来仔细看着。“啊？什么？哦，这很正常，哪只母狗看见自己的小崽被弄丢了都会发飙的。”他若有所思地说着，心有余悸地与蜜橘对视了一眼。

“你们把她的孩子弄丢了？！啊！”胖太太嘶哑地说。她觉得这些让她不可理解的事情使自己头痛欲裂。

“不是不是！是那只小小狗自己跑出来，钻到花丛里去了！我们嘛，”甜瓜脆脆地补充，“只不过……”还没说完，两人咯咯地笑起来。

胖太太用手撑住门把手免得倒下去。她把另一只手放在前额，抹去渗出的虚汗。“你们究竟把那狗崽怎么了？”她气若游丝地问。

“噢，那个。”蜜橘想了想，“我们偷偷跑到枫糖家去看看，仅此而已。”

“哦，你们去枫糖家偷什么去了？”胖太太苦笑着看着两个聚精会神研究着甲虫的男孩，眼泪涌上来，“为什么？”

“我们什么也没偷，只是给您带回来一枝玫瑰。”甜瓜慢慢地说，接着立刻跑出去，把刚才放在大门外的那枝粉红色玫瑰拿了进来，“我们本来想要给您一个惊喜呢。”蜜橘用手肘碰了碰他，匆匆地接过话头：“妈妈，您不知道，我们前几天走过街角花园的时候，看见了里面有粉红色的玫瑰。我们觉得它插在您的头发上一定好看极啦！所以我们就想给您弄一枝！”这时，两人的眼里一下子溢满了自豪的光泽。

胖太太的心里痛苦地痉挛起来："可是，你们也不能因为喜欢就去偷呀！"她有些怨恨地从咬紧的牙关里说。

双胞胎一点也不在意地继续用大睁着的眼睛观察甲虫。蜜橘心不在焉地回答："妈妈，那花不是我们折的。"甜瓜也附和地点点头。

"偷了东西还不敢承认，你们真是……"照这样继续发展下去，可怕的后果叫她周身发冷。

"你们，你们……"她绝望地看着面前两个小恶魔，"你们都给我跪下，不给你们点惩罚，还不知道要闹出什么乱子。"

一瞬间，蜜橘和甜瓜像是被冻住了一般僵硬了。那甲虫从甜瓜的手里偷偷地爬出来，掉到地上溜走了。双胞胎抬起头，有些失望和伤心地看着他们的妈妈。

"妈妈，真不是我们偷的。我们进枫糖家，是去帮她寻小狗崽。"

甜瓜抢过蜜橘的话头接着说："当时她家的门被闩着，我们就从栅栏爬进去的。找了好半天，才在花丛中找到那只狗崽。枫糖太太很高兴，非要送我们东西不可。我们想了想，说要一枝玫瑰，她就高兴地答应了，还亲手摘来交给我们。"说到这里，蜜橘满肚子委屈，难过得快要哭了。

"原来是这样。"胖太太的头一下不疼了，也一下清醒了。她一边嘲笑自己一边抹去自己的泪水，仔细又心疼地端详着双胞胎被汗水、泥土和细小的伤痕装饰得不成样子却依旧被笑容点亮的小脸。在低头拥抱蜜橘和甜瓜的瞬间，她头一次闻到了两人身上沁人心脾的玫瑰花香。

意外法运用很好，整个情节紧凑，连接自然。结局出人意料，充满温情。语言很有生活气息，流畅自然，贴近生活。两个小男孩是那样的淘气，却又让人感到十分可爱——一种天真、活泼的可爱。

——毓聪评

远方的来信/王梦卉

男孩激动地一路狂奔，光脚丫子在黄泥土上印下一串歪歪斜斜的兴奋，人还没进院子，就吊着高八度的嗓门儿冲向大门：“娘，爹来信了！”

母亲解下用了十多年的围裙，来信的消息像一束阳光，点亮了她疲惫的双眼。她拥抱着男孩偎在炕边，小心翼翼地撕开信封，一纸秀丽的文字和贴心的安慰如身下的火炕，暖得母子俩心头热乎乎的。“你爹说，你到该上学的年龄了，要好好学习，天天向上，像他一样成为一名优秀的军人，他在首都北京等你。”

男孩泛红的脸颊垂了下来，这么些年，他从未见过父亲一面。他只能从那珍贵的只言片语中想象父亲身着绿军装的挺拔身躯，那宽大的手将他一把托起，和其他小伙伴一样，骑在坚实的肩膀上去看腰鼓戏。每次来信都希望有父亲回家的消息，可是父亲似乎特别忙……男孩觉着眼睛酸酸的，有什么东西在里面打转儿，他昂起倔强的头，对着屋外望不尽的黄土地：“娘，你放心。我不会让爹失望的！”他的嘴里咸咸的，绿军衣的种子悄然在他心底埋下。

从那时起，每天清晨，当太阳还躲在厚重的云层里酣眠时，光脚丫子已经追着星星的余晖，一路奔向五里外的学校。他的书包是家中几块破布拼凑的，如光秃秃的黄土上冒了几丛干瘪的杂草，可他的书包总比别人鼓一些，不仅是因为多塞了许多旧课本，更是因为那里整整齐齐叠放着父亲的来信。

书包一天比一天胀，光脚丫子也塞进了草鞋。高考那年，男孩报考了首都军校。当母亲捧着红灿灿的通知书，多年来辛苦操劳的皱纹因为这一笑而刻得更深了。“娘，我可以去找爹了！”男孩依然不改当年的喜悦，母亲只是默默点点头，便回房收拾行李。

男孩下午就要上火车了，一大早母亲就张罗了一桌好菜，可什么话也没有讲。“我送你吧。”母亲抱了一个黑盒子，低声说道。

男孩从未见过这么长、这么美的火车，喷着白色的蒸汽，即将载他到父亲身边。“娘，我一定让爹看看我穿军装的样子，毕业后，我们也一起把你接到首都，一家三口过上好日子……”“儿啊！”母亲颤抖地打断男孩的话，“娘有话给你说。”男孩停住了口，一股奇怪的预感锁住了他的眉头。

母亲缓缓拿出那个用布紧紧包裹的黑盒子，一字一句地说：“你爹、你爹在这儿。他不是军人，在生你前一个月酗酒死了。”

男孩像被闪电击中般，脑中劈出了一片瘆人的空白。那些信？他想想那洁白的信封，秀丽的字体——却没有邮票……

“娘！”咚的一声，他久久地跪在地上。

在这个故事里有两个军人：一个是儿子，另一个，是母亲。母亲如一味无价的中药，为孩子清热解毒，抵御这世间的种种伤害；母亲也是穿着挺拔的绿军装的军人，也许没有宽大的手，没有坚实的肩膀，却如同一座高大的山，给了孩子希望和梦想。一个人的成就由两部分组成：先天的遗传和后天的环境，故事里的男孩有一个因酗酒而死的父亲，缺少父爱，却在一个个洁白的信封和秀丽的字体中渐渐如母亲一般巍然屹立起来。作者善用铺垫、对比，语言具有很强的感染力，用一封封远方的信把刚柔并济的母爱生动地展现了出来，结尾出人意料却又在情理之中。

——天莺评

窗　灯/苗译文

小同又来到了这个城市。她是来奔丧的。

父母很忙，从她的记忆中开始就是这样，为了钱疲于奔命，连春节回家陪老人或者他们唯一的女儿的时间都没有，仿佛钱才是他们的亲人。直到读大学离开了C城——她从小长大的一个二线城市，见到母亲，那衣着华贵却难掩岁月痕迹的女人，还有那大腹便便的中年男子，她的父亲。她发现他们之间已经有了时间的鸿沟。

她上大学时住在学校，他们去工作。尽管都在同一座城市，但谁也不愿意做出回家的妥协。他们平时从来不聚，并且习以为常。过分的关爱，反倒使他们僵硬而不自然。何况，那个房子，那个小同父母所居住的地方，犹如一颗巨大的华贵钻石，空虚，冰冷。

小同比较喜欢宿舍，那是一个有冷暖的地方。哪怕什么也不说，戴着耳机在寝室里发呆。大学毕业以后，小同以优异的成绩拿到了去美利坚的通行证。

然后她去了美国，把一腔青春和热血投给了热爱的事业。

回国的机票很贵，她把自己的假期宰得很短，她也不想回家。

然而这次她回来了，因为爷爷奶奶的去世。她是他们唯一的孙女，父母在电话那头礼貌地拜托她，说他们恐怕没有时间处理后事，她当然没有理由拒绝——从小到大，她在爷爷奶奶的照顾下，在C城长大。直到拿到高考的录取通知书，她暗暗发誓再也不要回这里。那是一个野心膨胀的女孩的宣言。

坐在飞机上，往事如春天的溪流缓缓苏醒，潺潺流进小同的脑海。

其实她与爷爷奶奶并无过多的感情，父母会给够三人的生活费，然后他们照顾她，从幼年到十八岁。她当然也感激他们，但是那很难称得上是亲人之间的“爱”。只是有一点点尊敬，一点点说不清道不明的东西。他们在一起时都很少说话，三个人都是偏爱沉默的，屋子里每天唯一的声音是七点新闻联播和小同读英语的声音。

小同很多时候甚至怀疑，父母对亲情的冷漠是从爷爷奶奶那里继承的。

所以这也导致她从小比较孤僻，理性。相对于人来说她觉得知识比较可靠。

下了飞机，提着一个简易的小包，她并不打算把任何遗物带回家。直奔医院定好了火化的事情，二老早已选好了墓地，剩下的不过是处理遗物和房子罢了。

小同从医院回来，天已经微微的黑了。远处稀疏的星星闪烁。她在黑暗中微笑，想到少女时期自己也是这样悠悠地回家，踩着星光或者月光，或者刚下过雨的湿漉漉的地面。房子在城中，老房子，每户独幢，爷爷奶奶执意不搬，这是他们原先单位上分的房子，环境倒还是不错，治安也足以令人放心。

只是有点旧，很多人在小同生活在那里时就已经搬出去了。

小同打开门，她一点也不害怕。爷爷奶奶是双双倒在菜市场的，心脏一类的病症，没抢救过来，或许同时溘然长逝是种缘分。房里还维持着走的时候的样子，她毫无倦意，倒着时差。她并不打算今天就开始收东西，闲下来坐在自己的房间，开始倒腾。

她翻出了自己的日记。她几乎有点不记得曾经经历过什么。鸡毛蒜皮的小事早已忘记，她的青春是老实平淡的。然后她开始读她的日记。

青春期的敏感已从她的身体里遁去。然后她读到最后一页，日记提醒她有这么一件事："今晚是最后一晚，明天我将不在这里，C城，我成长了十八年的城市。在离开之前，我还是有一些遗憾……还有一件事我一直不明白，为什么去上学和回家时，那么晚，三幢的灯都会亮着，就像是在等我？而当我在家中，那灯又会灭掉？我觉得很诡异，或许这会是个很好的鬼故事题材。自我早上起早出去，晚上下自习归来，那灯都风雨无阻地亮着。我每每看到那窗灯，就知道到家了。我很想感谢住那房子的人，他（她）无法想象，那窗灯给予我多么大的勇气。在生病的时刻，在落雨飘雪的时刻，在任何艰难的时刻。家人是冷的，只有窗灯是热的。我常望见窗灯上两个佝偻的人影，或许那里住着一个老先生和一个老太太。但无论如何，不能去感谢他们真是莫大的遗憾。至少那盏灯，让我回家在没有路灯的路上，走得那么安心。"

她合上日记，有点困。她心中闪过一个念头，想去找到那位住户，表达自己的谢意。她记起来了，年少时的她多么渴望住在那所房子里。她急切地渴望所谓家庭的温暖，但是自己的家人如同冰冷的石头，令她失望。窗灯不仅是她年少生活里的一个记号，或许也是她踏踏实实唯一有过的梦想。而如今犹如奋力扑打翅膀的鸟，再也无法降落到生活最初的原点。她回想起上次见父母，大概是两年前吧？她嘴里含着东西但是航班要来不及了，她对着母亲做口形叫她拿来某样东西，母亲却拿来了另一件。她苦笑，或许这样没有默契的母女也只会出现在他们家里。

倒在床上，她不解为何还是如此干净，没有灰尘的味道，她走后没有人住在那里，但她的房间显然没有被怠慢。

第二天起床，她看了表，还早。六点一刻。少年时起床的时刻。她决定碰运气看看自己如今走到三幢楼下会不会亮灯。冬天的晨风微微发冷。她出了门。

已经有学生骑车去往学校，买早点的摊子摆开了。她循着原来的路，感到自己有点紧张，走到了三幢楼下，抬头，果不其然，没有亮。

傍晚，她处理完剩余的琐事回来，仍然没有亮灯。她退回去问保安，三幢有人住吗？保安还是那个她年少时期的保安，说："没有啊，从来就没有人住啊，那房子是仓库，一直都是堆杂物啊。"她感到背上一阵凉气，说起亮灯的事情，保安笑了，"你一定是看错了，我从来没看到亮过灯。"小同无奈地摇摇头，转身往家走。"说到亮灯……你爷爷奶奶他们可真苦。"小同吃惊地转过头望着保安，"自从你早出晚归之后，你爷爷奶奶必定亮着灯看你走出这个小区，晚上又亮着灯等你回来。我好多次想劝你别那么任性，黑有什么好怕的？看你爷爷奶奶每早每晚多疲倦呐？"

"我从不知道有这种事，每次离家回家他们都睡了。我一直都是轻手轻脚的啊。”保安嘿嘿一笑：“傻丫头，你真是不知道你爷爷奶奶多么疼你。”

小同离开大门，又走到三幢楼下，忽然，她想起了什么似的，望着远处爷爷奶奶房间的窗。她似乎决定要干什么。她跑上楼，打开门，打开爷爷奶奶房里的灯，然后飞快地跑下楼，站在三幢的楼下。

她看见温暖的窗灯再一次亮起。那是爷爷奶奶房里灯的反光，只有她所立的角度才看得到——她觉得真是太不可思议了，为什么以前就从来没有一点儿察觉呢？她感到一阵晕眩……

下起了雪。

她痛苦地捧住自己的脸，鲜明地感受到热泪浸湿了双颊。然而她觉得不再寒冷。

不知道是确实，还是只是因为媒体发达了，总之家庭亲情丧失的事情在社会上仿佛是越来越多了。越来越多的父母将自己的孩子丢给爷爷奶奶，外出挣钱。父母与孩子之前的感情淡了，而爷爷奶奶与孩子毕竟是两代人的差距，话也很少聊到一块儿去，孩子很孤独。本文在父母与孩子之间感情隔阂的描写中做得很好，“礼貌”这个用词让人禁不住想哀叹一声，为这个家庭觉得难过。作为一篇小小说，最关键的就是有一个梗，本文的梗就是题目中的窗灯，事件发展自然，而且也充分表现出了爷爷奶奶那老一辈人有些隐秘的爱。总的来说，这是一篇精致的小小说，很喜欢。

——思成评 

下午5:00的108路公交/宁珊

从十字路口开始，我的心就“扑通扑通”地跳个不停，刚好和着那红灯闪烁的节奏。风灌进身上那略显宽大的校服外套，让我膨胀得像一个气球。随着匆匆的人流走过灰白相间的斑马线时，我抬手看了看时间——下午4:53，还有七分钟，那班公交就要进站了。

我不禁加快脚步。

在十字路口转角，走向公交站台，这些地面上纵横交错的线路就仿佛城市的脉络，一旦公交停止运行，整个城市就会陷入瘫痪和巨大的恐慌中。

人民公园站到了，看到公交站牌，我竟有些紧张，手心也因紧紧捏着而有了微微的汗意。108路车乘客不是特别拥挤，尤其是在5点以前，好多座位都是空的。

——今天，他，会在么?

还是照常的位置，还是照常的那种坐姿，一周五天都是如此。把书包放在胸前，我拿出手机看微博。只不过，眼神时常偷瞟对面那扇门，以及路程示意图——C市体育中心站快到了吧？

……

“C市体育中心站到了。”听到这个声音，我慌忙低下头，眼睛都不眨地盯着手机屏幕，明明紧张得要死，还要装作一副若无其事的样子，眼神不自觉地偷偷看向对面的那张长椅，果然看见了一双干净的球鞋，却再不敢往上看，心里说不出是松了口气还是更紧张了。

过了好几分钟，终于可以压抑住笑意，抬起头。

嗯，今天是11号球衣，头发也有些湿，是刚打了场比赛吗？看起来，比前几天的样子更阳光了。又是这个位置啊……啊？他在看我么？

发现了我们的眼光似乎在那一瞬间有了电光火石的交汇，我感觉自己的脸一下子红了起来，发热一般的灼烧感沿着脖子一圈一圈地爬上我的脸，就连耳根子也开始不自觉地发烫，仿佛刚从油锅里捞起来的面粉团子：

——外部已经发烫得不行，内心却整个酥化了。

他却依然目不转睛地盯着我的脸，表情带着些许好奇、感兴趣的意味，使我转开头也不是，低下头也不是，不知该如何是好。对着有些反光的手机屏幕照了很久，直到确认脸上没有任何不对的地方，就连左上额刚冒起来的一颗痘痘，都被刘海巧妙地遮住了。

那他……在看我什么？

——难道……

有了这样的念头后，每次这趟公交车上我都会格外地在意他的一举一动，然后发现他的确很爱看我这边，有时甚至一看就是好几分钟。我更确定了自己的想法，还有一些小小的窃喜。

于是，我在某一次下车前，猛地往他手里塞了张小纸条，然后飞快地跑下车。车门关上的那一刻，我长舒了一口气，仿佛看见了他捏住纸团时惊诧的表情和打开纸团时慌乱的表情。

——“其实，我也注意你很久了。”

隔周再次踏上这趟公交时，我的手心已经紧张到冒汗，仅仅是一站的时间，我便整理了三次头发、五次裙摆、无数次书包肩带。

他上车以后，我该如何向他开口？怎样的开场白，才会更自然？“同学你好，我叫夏雪。”叫同学，会不会太奇怪了？“你好，我叫夏雪。”会不会太生硬？“喂，我喜欢你。”这也太直接了……还是换一种吧。“你知道吗？我们一起坐过十一次这趟公交了，每次我不仅在等公交车，也在等你……”卡！这么肉麻的话，我都快吐了，怎么可能说得出口！

“C市体育中心站到了。”犹豫间，车已经到站，我不禁挺了挺背。然后他上车。直到今天，我都还记得，那天，他穿了一件白色的T恤，中间印了一只很大的海绵宝宝，吐着舌头对我做鬼脸。还有一条米色的休闲裤和一双匡威的板鞋。

我还在犹豫该选哪一种开场白，却不料是他先开口。

——这使我所有的打算，所有的开场白，都烂在了肚里。

他说：“那个……同学。”

他说：“也许，你误会了。”

他说：“大概是我发呆的时候让你产生了什么误解吧。打球的时候精神和身体都很紧张，下来后，我老是会紧紧盯着一个地方看，发一会儿呆，这样可以帮我缓解一下情绪。请原谅，我的不良习惯，给你造成了误会！”

他说："我每天放学后都会去体育中心，和同学打场篮球。如果你愿意的话，欢迎围观。"

他说："哦对了，我其实有女朋友了，她每天都来看我打球。"

他说："对不起，让你误会了！对不起！"

他说："真的对不起！"

……

别说了，快别说了。我已经快难堪得手足无措了，难道你真的看不出来么？快到站吧，快到站吧，怎么时间过得这么漫长，每一秒都走了这么久？怎么空气这么混浊，让人觉得喘不过气？

公交车终于停下的时候，我一把抓起身旁的包，说了一句"对不起！"也不管他听没听到，匆匆忙忙地逃下车，甚至比塞纸条那天跑得还快。

——至此，我所有自以为是的欣喜雀跃，都结束了。有时候，良好的自我感觉，也会欺骗自己，把人引向歧途。

——那天，我独自一人的小心思、小情绪，都被那趟下午5:00的公交带走了。

——我再也没踏上过108路公交车。

想了半天用什么词形容这篇小说，最后决定这真是一个很"可爱"的故事。小说的行文非常细腻流畅，丰富的细节将少女情怀展现得非常真实，一些小小的写作技巧也让文章读起来很生动。即使是没有这样经历的人，读完也会莞尔一笑。请允许我改用猎奇同学的一句话吧，感觉很契合最后的结局：苦杏仁的气味，是年轻的受挫的爱情。

——妙然评 

神奇的外套/曾磊

艾里克斯有一件神奇的外套，质地极佳，款式也很独特。穿在身上，如丝一般轻、软、舒适。最神奇的是它还有许多特殊的功能。

秋天，漫山遍野的水果成熟了，丰收在望。艾里克斯穿着这件神奇的外套，到果园里采摘果实。地面上玫瑰的荆棘，身旁果树调皮地伸出的枝丫，如刀一般刻在风衣上。风衣质地虽像丝，却并未在荆棘、枝丫的伤害下受伤，仍是完好无损。艾里克斯在家中享用丰收的成果，葡萄、橘子、梨、柿子……多种水果让他着实饱餐了一顿。可一不小心水果的汁水滴在了风衣上。艾里克斯心疼不已，这可是他最宝贵的物品了。他试着用手指拭去污渍："咦，污渍不见了！"

艾里克斯想，这一定是世界上最神奇的外套，走遍天下定无敌。

冬天，白羽似的雪片从天上落下，跳着优美的舞蹈。四处冰雪覆盖，地上的人们穿着笨重，缓缓前行，仍止不住瑟瑟发抖。艾里克斯虽然只穿了一件轻薄如丝的风衣，却一点也不冷，要温度有温度，要风度有风度。他赶到国家的北部，参加了一年一度的风雪挑战赛。参赛的其他选手虽然穿得很多，但不一会儿便忍不住严寒，放弃了比赛。唯独艾里克斯面带微笑，坚持不动。比赛结束后，观众们都纷纷为艾里克斯欢呼、喝彩。

艾里克斯更加相信，这一定是世界上最神奇的外套，走遍天下定无敌。

春天到了，和煦的阳光轻拂，满天都是各种各样的风筝。村子里开展了放风筝比赛，艾里克斯也参加了。那一天，他还是穿着那件风衣，那件神奇的外套。比赛之中，艾里克斯健步如飞，他又一次凭借那件神奇的外套获得了冠军。

此时，艾里克斯坚信自己是无所不能的了，他清楚地知道这一定是世界上最神奇的外套，走遍天下无敌。

夏天一晃就到了最炎热的时候了，地球就像一个大蒸笼，所有的人都汗流浃背。而艾里克斯，穿着风衣，却感到格外凉爽。他又穿着风衣去参加游泳比赛。他信心满满，认为冠军非自己莫属，就连大赛组委会提供的急救设备也被他当场拒绝了。他相信，只要有了这件风衣，其他的一切都无关紧要。艾里克斯下了水，并没感到有何异样，他仍是保持着一副胜利者的姿态。可是，岸边的人们却发现他正在一点一点地往下沉，于是有人大声呼叫救生员，有人急忙去取救生器材。而艾里克斯自己却泰然自若，毫不慌张地安慰起众人："没事，我穿的是世界上最神奇的外套，只是它今天稍微重了点。"人们又镇定了下来，等着看一场好戏，等着比赛结束后仔细看看那件外套的奥秘。

艾里克斯却发现自己在继续往下沉，平时薄如丝、轻如翼的风衣越来越重，但他却一点也不担心，笑着说：“我这一定是世界上最重的风衣。”

艾里克斯一直这样想，直到他溺水而亡的一刻……

艾里克斯的固执，最终葬送了自己的生命。但这件神奇的外套的故事仿佛永远没有结束，它在向人们反反复复地述说着同样一句话：

外在再强大又如何，内心放松了戒备，自身轻视了，终将不堪一击。

这篇小小说充满想象力，创造出一件“天下无敌”的风衣，按季节依次写开去，充分体现风衣的神奇。每一段后都有一句艾里克斯的心理活动，写出他放松戒备的过程，使最后他的溺水而亡在情理之中。文末画龙点睛，富有哲理，引人思考。

——清漪评

谁偷了我的车/曾磊

莱斯莉小姐在闹铃锲而不舍的声音中，不情愿地睁开了眼。窗外的阳光透过玻璃窗，穿过窗帘间的缝隙射进了屋中。天已经很亮了。

“脑袋真疼。”这是莱斯莉醒来的第一个感觉，渐渐才想起自己昨天参加了同学聚会。多年不见，相见很高兴，于是喝了很多酒。莱斯莉抓了抓头发，艰难地撑起身子，下床、收拾、洗漱、开门、出门……

“咦，车呢？”莱斯莉感到纳闷儿，“一定是有人偷了我的车！”

莱斯莉拼命地回忆，但在一宿的沉醉后只能想起几个零星的片段。莱斯莉急匆匆地赶到公司，自己的车位上也没有车的影子。

“是谁偷了我的车呢？”莱斯莉想了不到一秒，“一定是那个贼眉鼠眼的新来的保安。”她当机立断，气冲冲地赶到保安室，用力地打开门，“你！把我的车交出来！”

保安查理斯被弄得云里雾里，茫然地望着她。

"我的车不见了，一定是你偷的！"

查理斯只好调出监控录像来证明自己的清白："喏，你看，是你自己开走的。"

莱斯莉只好离开，"是谁偷了我的车呢？公司……酒店，对，昨天聚会的酒店。"莱斯莉又急匆匆地赶到酒店，赶到前台，点名要找经理。左等右等，经理终于出现了。

"我的车在你们酒店掉了，你们必须负责。我的车可是去年才买的……"

"小姐，别急。请你描述你的车的外观，还有车牌号码。"

"没有什么可说的，一定是在你们这里被偷的。"

"小姐——"经理正要说话，莱斯莉的手机响了。

"喂——"

"您好，莱斯莉小姐。我们是小区物业中心的，您的车撞了小区三十六号乔木，请您及时开走您的车并对乔木进行赔偿……"

"一定是你们偷走了我的车嫁祸于我！"

……

人生就像一段很长的路，常常会遇到这样或那样的问题。我们总习惯于把责任归咎于他人，却忘了也许做错的是我们自己。

小小说的叙述简洁、连贯，情节集中、完整，毫不拖泥带水，充分体现出一个"小"字来。对话描写和心理描写都很逼真，读来颇有趣味。虽然着墨不多，但人物的形象却跃然纸上。文章最后写出了故事所蕴含的哲理，发人深思。

——清漪评 

哲理思辨

同学们用一双心灵的慧眼观察生活，关注现实，谙悉人情，洞明世事。他们指点江山，激扬文字，歌颂人性的美好，针砭世相的丑恶。他们的文章娇而不媚，哀而不伤。他们实话实说，快言快语。

鲜明的个性，是他们证明自己身份的名片；情感的真实，是他们赖以抵达读者内心的桥梁。

他们年少轻狂，难免偏颇。在当前浮躁的世风下，他们只是想用自己的文字擦亮眼睛和黎明，驱散雾霾。爱也罢，痛也罢，他们只是想为他人，为自己开一剂帮助清醒的药方。

再谈张勋复辟/张舒

张勋这个名字，在很多人脑海中似乎都没留下多少深刻的印象，在我们中学的课本中关于张勋的事迹也是以“1917年张勋复辟失败”而草草带过。他仿佛就是一粒容不进眼的沙砾，遭受着排挤与遗忘——确实，张勋是不被主流思想所接受的，因为他为清政府卖力，因为他发动了一场持续十二天的复辟风波。

但是，我看到的张勋并不全是这样。我看到的，是一种背弃历史潮流而孤胆顽抗的悲哀与敬佩。那么，张勋到底是怎样一个人？那场复辟事件又从何说起呢？

张勋生于1854年，当时距鸦片战争爆发已有十四年之久，此刻的清政府正逐步走向衰亡。张勋幼年父母双亡，1884年他加入长沙政府军，告别故乡江西。因其性格直率坦诚、敢做敢当而很快受到上级提拔，又在中法战争和镇南关大捷中立下军功，张勋从此发迹军界。后调至北京担任御前护卫，并多次担任慈禧太后和光绪帝的扈从，最后又提升为江南提督，驻军南京。如此显赫的地位使张勋对于清王朝忠心耿耿，乐于为其奔波效劳。

辛亥革命的不彻底性，直接导致了北洋军阀政府的混乱局面。这一时期的中国社会充斥着新生革命力量和封建反动势力、先进的新思想和顽固的旧文化、自强不息的民族主义和蛮横的帝国主义侵略等尖锐的矛盾。而此时的张勋已经年近花甲，他对于新生的共和制度是嗤之以鼻的：“名为民国，而不知有民；称为国民，而不知有国。至今日民穷财尽，国体动摇。民国五年更一总统，则一大乱；一年或数月更一总理，则一小乱。”

张勋把北洋时期的混乱笼统地归咎于共和制的同时，也早就开始和保皇派势力勾结，密谋复辟大业。1917年黎元洪与段祺瑞的“府院之争”爆发了，张勋认为时机已经成熟，便假意宣布要协助黎元洪总统而率领五千“辫子军”从南京出发到北平进行调停工作。于是，张勋进京后不久便发动了复辟，驱走了黎元洪，拥溥仪即位，改国号为宣统九年，并电告天下。可惜的是，张勋还少算了一个人，那就是段祺瑞。就在他复辟几天后，段祺瑞以“讨逆”之名大举伐京，击败了“辫子军”。张勋也被迫躲进了天津德租界，复辟风波以彻底失败而结束。

回顾历史，张勋并没有因效忠清王朝而名垂青史，千古流芳，而是引来了洗刷不掉的骂名。悲夫！时代之潮流，浩浩乎不可挡，顺之者昌，逆之者亡！张勋似乎是生错了时代，偏偏降世于清王朝衰亡之际，看不清时代之潮流，看不清国运之变化。孙中山评价张勋复辟是这样说的：“清室逊位，本因时势。张勋强求复辟，亦属愚忠，叛国之罪当诛，恋主之情自可悯。文对于真复辟者，虽以为敌，未尝不敬之也！”孙中山以“愚忠”形容张勋，可谓再恰当不过了！欧阳武也说过：“戴发效孤忠，无言不仇，无德不报；丹心照千古，其生也荣，其死也衰！”

1918年，北洋政府以“时事多艰，人才难得”为由特赦张勋等人。获得自由后的张勋不再算计着卷土重来，而是默默隐退，从事工商经济，获益颇丰。张勋利用他赚得的巨额财产，大力赞助着他的故乡江西的发展，并积极资助了许多中国留学生，其中就包括后来担任中国共产党重要领导职务的方志敏、张国焘等人。此时，每当有人问起这位心境淡然的皓首老人有关当年的复辟事件时，张勋也只是淡然一笑，轻描淡写而已。

再谈张勋复辟，我懂得的是对历史人物的认识，不应戴着具有政治色彩的有色眼镜主观臆断。社会是复杂的，人也是复杂的，往往是好坏杂糅在一起，没有绝对的好，也没有绝对的坏。毕竟，就算是历史星空的一点星辰，又何尝不是一个个鲜活的人生，就算是背弃主流文化的不雅经历，又何尝不是一段辛酸的往事？忠武将军张勋，给我们的也是一段耐人咀嚼的历史吧！

历史常常表现为成王败寇，作为清朝遗臣的张勋自是落得一身骂名，作者却有心，站在其忠义的角度为他说几句话。正是：刘项何须成败论，将军头断不降曹。而文末写张勋皓首之时回顾复辟事件的淡然一笑，画龙点睛，供人玩味。

——陈禧评

午后随笔/赵若冰

漫步在城市的林荫道间，抬头凝望，那许久不曾仰望的苍穹似乎与往日有了些许别样的景观。碧蓝的天空中明镜高悬，金光灿灿，云朵儿飘移不断，驻足凝视，领略了天空的广袤无边。

我，依然在寻找，寻找自己的足迹，寻找自己未来的方向，寻找自己在生活中的落脚点，寻找自己在生命中那波澜起伏的过往还有平静的心。

几天前，我第一次走进那条在我心里已藏了许久的小通巷。以前只是听朋友们多次提及然后沉醉于那样一个繁华都市中的淡然角落，而我自己却从未亲自感受过。人们都说它是成都悠闲、温柔气质的剪影，可以为你暂时屏蔽喧闹，让你在适当的时候驻足片刻，发发呆。

那天，当我真正走进那条迷人的小通巷时，我惊呆了。想象中的小通巷有着像宽窄巷子一样灰色精致的老式楼房，再以富有情调的装饰物加以点缀，最后呈现出一幅欧式小镇的美丽油画。然而真正的小通巷不足两百米长，一幢幢灰色的老式楼房，构成了这条街的主要底色。不同的是，一幢幢灰色老式楼房并不如宽窄巷子一般精致，因为几十年的时光沉淀而显得破旧，可比乡村老家已结上厚厚蜘蛛网的木质旧屋。不过再仔细想一想，便自然体会到这样一个原生态的小巷会更亲近自然，更亲近心灵，因而对这个小巷有了更特别的情致。

在灰色老房间，仔细一瞧，就会发现临街的一楼，风情十足的特色咖啡屋，水吧，犹如鲜花一般，妖娆地绽放在干杂店，五金铺之间。临街的每一个小店都别有一番情调：带有泸沽湖气质的“朵朵家”餐吧，红色招牌的“喜鹊咖啡”，门口种满各式花草的“香巴拉”餐吧，音乐声不断的“早上好”小酒吧……最后我走进了一家装饰温馨可爱的“四号工厂”，据说这里是背包客的常驻地。

那天下午，我悠闲地在小咖啡厅听着音乐，翻看着几本书，品尝着薰衣草茶，感受着慢生活的节奏，体会着文艺青年的点点滴滴。

或许在这么多年的生活中寻找，多多少少能够找到自己淡淡的足迹，正如文艺生活的点滴或平静的心灵诉求。而这么多年隐藏在生活里的热血与激情时而也会显现出来。

不久前读了一篇王逅逅的日志，她从十七岁交流开始，就折腾了四年。从美国折腾回来，又从北京折腾到费城，然后再是夏威夷、西班牙、法国、瑞士……心里仿佛有只刺猬，待刺被环境拔光后便想着去新的地方，新的折腾或许又会有新的发现。

毕竟不折腾怎么也不会明白。

我想，或许人内心多少都会有自己的冲动，幻想，而区别只是这些内心的冲动潜伏的深浅与勇气的多少罢了。

今天早晨看见白岩松发表的文章中一段来自罗曼·罗兰的话：大部分人在二三十岁就死了，因为过了这个年龄，他们只是自己的影子。此后的余生则是在模仿自己中度过，日复一日，更机械，更装腔作势地重复他们有生之年的所作所为，所思所想，所爱所恨。

我不知道事实是否如此，至少我希望当我到那个年龄时，或许更久以后，依然可以跟着自己的心去探索追求未知世界，依然可以在夏日午后听着风吹过树叶沙沙的声音，静静地品味淡淡的美好与精致。

本文没有一开头就刻意要告诉人们什么大道理，简单自然的午后漫步，随着对小通巷的游览渐渐产生了对生活的一些思考。不甘于平庸是每一颗茫茫人海的心的呼声，然而大多数也只是偶尔嘴边的几句抱怨或“想当年”。能把这些思考记录下来，鞭策自己的同时也警醒了周围的人，实属难得。

——陈禧评

坦然看寂寞/潘雨洁

一株株枝繁叶茂的茶树沐浴在和煦的春风中，椭圆的叶片在阳光的抚弄下油光发亮，每一片绿叶上仿佛都有一个生命在颤动。绿叶丛中隐隐约约有几个拳头般大小的火红的茶花，一片片饱满的花瓣簇拥着一抹蛋黄的花蕊，正如处于豆蔻年华的少女般婀娜多姿。花朵和绿叶相互掩映，那淡淡的茶花幽香和着清新的泥土香草气息扑面而来，充实着我的嗅觉。在百花齐放的春日里，比起这火一般的有生命力的茶花，其他的都显得逊色了。看着这艳丽的花，闻着这股幽香，我陶醉了。

依稀记得去年暑假，我回到老家，漫步在花园里那曲折蜿蜒的小径，头顶上的枝条相互交织编成了一把绿伞，让我在烈日炎炎的夏季有了丝丝凉意。忽而瞥见墙角边那比我还高的茶树上竟长满了米粒大小的花骨朵，外面有如鱼鳞般的花萼包裹着，像丑小鸭一般让人心生厌恶。“茶花不是春天开吗？”因为它确实不招人喜欢，我便不再思索，不禁加快了步伐向“出淤泥而不染”的夏荷走去……

眼前的这株茶树，茶花与枝叶交相辉映令人惊艳！我不禁又想起茶花那不显眼的花蕾。难道茶花要孕育将近一年的时间才能绽放吗？在这漫长的日子当中它要经受夏季烈日的曝晒；秋季风霜的拷打；冬季雨雪的摧残……这还不算什么，在它孕育的这段时间里，没有人关注它，没有人欣赏它，更没有人鼓励它……它是怎样度过这段寂寞？我似乎明白了什么：茶花忍受这一切只是为了今天的绽放，它并不是为了向别人炫耀，它只是为了实现自己的价值，它为自己的寂寞绽放，也为大自然绽放。我仿佛听到了生命的歌唱——那是一朵朵花开的声音。

我默默地离开了，我不想让花儿知道我分享了它的寂寞。

我突然对自己有些唏嘘。寂寞？我是一个不甘寂寞的人，我渴望他人妒忌的眼光，我会有众星捧月的感觉来满足我的虚荣心；我渴望享受俯视他人的快感，我会有高高在上的感觉来炫耀自己的才能；我渴望比较，我会有击败对手的亢奋，因为这样才能显出自己的过人之处；我不能忍受别人熟视无睹的目光，那代表着我沦为了芸芸众生；我不甘心在竞争中失败，那会失去头上的光环……寂寞会让我郁郁寡欢。花儿，我是不是做错了？

寂寞是生命的歌声，是穿越世俗的力量，是欣赏自己的傲气……寂寞中有倔强的美丽。

我想，我开始坦然看待寂寞了。

文章前半部描写看似平淡，却为后半部分抒情做了很好的铺垫和蓄势。立意很好，由前面的不甘寂寞到最后的坦然看待寂寞，经历了一个心理变化过程，并把寂寞看成是一种生命的形式，颇有深度，而这一切又是观看茶花引出的，自然而不牵强。语句很精练，内容切合我们的现实生活。

——毓聪评 

面　具/林语琴

其实每个人都曾经是天使，只不过后来走失了，捡到了一个面具，戴上后，就不曾摘下，仅此而已。

拾起那个被遗忘在角落的面具，看到了那张布满灰尘的脸，掸掉上面的灰，曾经所有美丽的色彩都变成了暗黄。拿起彩笔，黑白红蓝黄，一点一点地给它上色。

原本是一张善良的脸，你为什么要把它涂黑？让它变得无情，眼睛是无尽的空洞。对于人世间的悲欢离合，从未给过一丝怜悯。你只是为了那些虚幻的东西，埋葬你的善良，用黑色来掩饰你的内心。或许能让你得到许多人梦寐以求的地位、权力，但你抛弃了诚实，抛弃了自尊，抛弃了一切美好。当你站在至高无上的地方向下俯视的时候，你会尝到高处不胜寒的滋味。因为你没有朋友，没有至亲，甚至没有一个可以说真话的人。你感到彷徨，你在拼命挣扎，希望能抓住阳光。可惜，一切都太迟了，你陷得太深，明白得太晚，善良变得畸形。除了孤独，你还剩下一张漆黑的面具。

或许你在嘲笑着黑的愚蠢和迂腐，认为自己从来很聪明，只要给自己涂上白色就可以瞒天过海。也许别人会说你是正人君子，是有德之人。你在窃喜，但也感到忧伤，你窃喜人们被你的白色所蒙蔽，你喜欢听那些虚伪的赞扬。忧伤？因为你明白的，白色并不是你想要的，你想要的是纯净的，蓝色的心。可是你怕别人不能接纳你，你只能把自己涂白。每当你听到一句赞扬，你就会觉得心里多一分空虚。

人们都很欣赏你的绚烂，你的鲜艳，你对着欣赏你的人笑，笑得很美，很灿烂。可你真的快乐吗？面对着这繁华的世界，其实你早就厌倦了。你并不喜欢把自己涂红的，你喜欢的是十一月温柔的阳光，黄色的阳光，腼腆又温暖。你不喜欢去取悦别人的，可是，从你踏进这花花世界，你就迷失了方向，迷失了自己。你开始把自己涂红，你赢得了人们的目光，可是红色也遮盖了你心中那束黄色温暖的阳光。简单的你变得更浑浊了，因为你除了给自己增添红色，除了去取悦别人，就再无其他了。黄色，成为你的梦。

你苦笑着，把面具摔在地上，在面具上涂再多再美丽的色彩又能怎样呢？你那蓝色的眼睛早已空洞，黄色的心也早已被虚伪挖走了，留下的只是一张涂上色彩的躯壳。岁月沧桑，你即使拥有再多的美丽，再多的赞赏，到了那时，你也会被人们抛弃在某个布满灰尘的角落，除了空虚遗憾和孤寂，就剩下一张黯淡、苍白的脸。

如果一个人因为戴面具而失去了自己的本心的话，那就得不偿失了。在这篇文章中，作者用了第二人称，通过生动的心理描写和鲜明的对比，告诫世人不要因为想要取悦世人而丧失了真实的自己，要守住自己的本心，否则，你所剩下的便只会是无尽的孤独与空虚。一篇短文，不仅讽刺世事，还足以让我们反观自我。

——雨琦评 

致时间/尹甘甜

亲爱的时间：

你好！

感谢你耐心地陪伴我度过了整整十六个春秋。这十六个寒暑里，你看着我出生，并在我来到这个世界的第一刻起，便牵起我的手，不论我是怎样挣扎与哭泣，牵着我的手，在生命的长河中陪伴我开始了十几年的生活。

亲爱的时间，尽管我从未与你谋面，我却知道你始终在我身边：我学步的时候，你携着我的手，让我走得越来越稳；我睡觉的时候，你是撒沙人为我带来梦境；我哭的时候，你叫我向前看，把暂时的不快用手绢轻轻拂去；我笑的时候，你飞快地跑过并以此警示我，让我着眼于当下的幸福……在我写这封信的时候，你顺着笔尖留下的墨迹又匆匆带我跑过时空的丛林。

曾经在幻境中，我看见了时间的纹路，那是以蓝色和绿色的通透的线条交织的，像波浪翻滚一般井然有序地向前推移。亲爱的时间，这就是我的脑海中你的模样，有若大海，却比大海更加烟波浩渺，广袤无垠。

亲爱的时间，人们把你划为四季，十二月，二十四时……以此来见证你的流逝。宇宙的最初，你便一直存在，你把星星撒向太空，又创造了生命。而如今，你是窗前暮春绿叶上推移的光影，你是皎洁或模糊的月缺月圆。

人们仰慕你。你让第一个生命在你的恩赐和期盼中在海洋的臂弯里诞生，你让原始的生命在不断消长带来的进化中一代代更新而日臻完美；你从不亲自露面，你让生命诞生和成长的奇迹来见证你的威严；你是一架精确无误的天平，一切虚伪和浮夸都被你甄别、抛弃，一切真实和价值都被你慷慨地保留；你考验爱情的忠贞，你衡量梦想的坚定；你从不开口，却胜过万语千言。

人们畏惧你。你使世界不死的办法便是让你的臣民死去，不断地更新和替代成就了生命在延续中的永恒。可是人们畏惧无法抵挡的衰老，畏惧不期而至的死亡，因为人们畏惧无助和未知。当你悄悄地在曾经娇嫩的肌肤上烙上皱纹，当人们某天起床发现鬓角已染上点点霜凌，他们叹息或疯狂。魏晋的炼金术士希望炉火中升华的丹药可助其青春恒在；唐宋的诗人也悲那三千丈白发，虽借酒浇愁，而愁如春草，却更行更远还生；现代的人们凭借工业的便利把化工制剂涂抹在年轻的或老化的，紧致的或松弛的每一寸肌肤上，企图挽留你匆匆的脚步。可是，亲爱的时间啊，你从来不等人的，你已经奔跑了一百多亿年了，仍将永不倦怠地跑下去。

或许，人们不知道，生命正如缓缓前进的夏日流水，在三十岁的时候，无须去想五十岁的事情；生的时候，不必着急死亡的来临；或许，死亡是一个必然会降临的节日，是古往今来最神圣的祭日，是完成使命后的安息，用此生的终结来成全生命的永恒。

亲爱的时间，我感觉到了你的奔跑，你跑过我的窗前，光影游走在暮春鲜绿的阔叶上；你跑过我的窗前，叫醒了花儿盛放在枝头。

亲爱的时间啊，请携我与你同行吧，带我奔向未知的远方。

祝，

安好！

你的臣民　寄爱

时间是线条交织的波浪，生命是夏日流动的绿水，对时间来说一个生命只是沧海桑田中的一粟。人的一生太短暂，于是因畏惧、因无助，我们做了太多努力想留住时光，它却永不倦怠地奔跑，不会为任何事物停下。时间不息，生命有止，其实，不是时间太少，而是我们浪费的时间太多；不是青春太短，而是我们犹豫的岁月太长。如作者所写，死亡是一个必然会降临的节日，却是用一个终结成全另一个永恒。时间正从我们的窗前跑过。

——天莺评

小区的民主/潘思成

一天去吃饭的路上，在奶奶家小区大门旁的公告栏上，看到了一张物管的通知，让三个月以上没有交水电气费的住户速到物管缴费，否则就要停止供应了。如果不是亲眼所见，我简直不敢相信居然有人免费用了三个月的水电气还不闻不问。这只是一张平凡的通知。但令人惊奇的是，在通知单上大大地画着一个问号，一个感叹号。看过了那两个挺拔的标点，我才知道标点原来也饱含了意象与情感。——我俨然是看到了一张理直气壮，充满了主人气势的脸庞。

“人民当家做主”的目标在小区应该是完全实现了。全民选举业委会，业委会找物管公司，物管公司先实习，居民满意再签协议，真的是好和谐，好民主。当然，还有一些劲爆的内容：景观烂了，不修，当着面骂你！修景观要用维修基金，那是我们的钱，凭什么拿给你物管用！停车要收费，堵你的门没商量！停车收的钱不分给业主，找媒体曝光你！不过这些都是小巫了，最厉害的是——什么？收物业费，滚蛋吧你！看看，这才是真正的人民当家做主。于是，在这样“民主”的大环境下，物管公司真是诚惶诚恐，时时都夹起尾巴做人，生怕惹急了人民群众。而人民群众切实体会到了手中权力的增长，倍感兴奋，时不时就用自己这条鞭子抽打一下羸弱的物管。在今天，打开电视机看任何一个关于老百姓身边新闻的栏目，总少不了一条无良物管欺压平头百姓，百姓无助，而求助媒体大哥的新闻。更有甚者，如上文所述，物管费不交物管就忍了，连水电气也一并不交了。当然，我相信这些业主会后悔的，要知道你手中的权力也就欺负一下物管公司了，要敢欠国家的钱，哼哼……

说到这儿我又想起了一位大姐，一个充满领袖气质和革命精神的大姐。那是一年多前，我家小区一段沿湖的木头路和走廊栏杆烂掉了，物管准备用维修基金进行维修。维修基金是住户买房时一起存入备用的，因此物管动用需要三分之二的住户签字同意。（这个世上还有比这儿更民主的规定吗？业界良心啊！）本来收集签字的工作都在有条不紊地进行，但是深具革命精神的大姐嗅到了一股战斗的味道，于是突然揭竿而起，成功争取到了一部分民众的支持，在小区里广发传单，揭露物管公司“吃人”的本质，呼吁大家赶走物管公司，重新竞标让咱老百姓真正做一回主人。真的是很诱人的口号啊！但是……大家都是成年人了，可能也就搞传销的口舌还能骗得到人了。大姐深感自己要昙花一现了，于是赶紧做出了新的动作——张贴传单揭露了当职业委会“为业主服务是假，帮物管跑腿是真”的“代理人”本质，准备另立“中央”，重新召开业主大会，重新选举业委会！一手好棋！

然后……然后就没有然后了，开大会总得有人吧，就大姐那一群粉丝，不对，是支持者，拥护者三分之一都不到！但就是这一小部分人让维修计划起码拖了一年，直到几天前才完工。至于我奶奶家的那个小区，物管已经被赶走一家了，现在这家也已经维持不了了，别说涨物管费了，就是现在超低的费用都收不齐，管理几近混乱。这是民主惹的祸吗？不禁又想起了民主化一年后的埃及，暴乱不息，经济低迷，这是怎么了？

刘瑜曾在书中表达这样一个观点，“民主不是万能药”，准确地说是民主制度不是万能药。任何人对权力都有一种原始渴望，独裁者渴望，独裁集团渴望，每一个人也渴望。而民主说白了就是把权力从独裁者的手中转移到每一个人的手中，对权力的渴望会让独裁者无限使用权力，自然也会让每一个人无限使用权力，其结果，我想都是人民的灾难。就像这些业主，看上去风光无限，搞得一个二个热血沸腾，可最后遭殃的一定又是业主本身，去闻闻那堆无人清扫的垃圾就知道了。

人们一直在讨论民主制度和民主素质应该谁先谁后，其实这个鸡生蛋，蛋生鸡的问题哪里需要讨论？我们需要民主制度给我们提供一个水池，然后跳下去，但也需要在水里真正学会怎么划水怎么换气，而不是下去就不管了。学游泳需要下水，但不是泡水。民主制度不是万能药，我们更需要提高自己的民主素质，起码要明白权力不是你想用就能用吧！历史老师曾经说，民主政治的极权形态叫作暴民政治。暴民和暴君，谁更可怕我不知道，只是听上去都挺野蛮的，说白了就是——

都不是什么好玩意儿！

从一张小区物管的罚单，作者就能认真考虑民主制度与民主素质的联系，字里行间都能感受到他对民生问题的关心和对民主问题的思考，对于小区空有民主制度却缺少民主素质的感慨。我只想说，这位同学，民主进程的未来就靠你和你这样爱思考的人了。

——惠文评

拥抱挫折，人生不再蹒跚 /潘雨洁

人之一世，殊为不易。在看似平坦的人生旅途中充满了种种挫折，往往使人痛不欲生。那么，面对挫折，我们应该何去何从呢？

“老当益壮，宁移白首之心；穷且益坚，不坠青云之志。”初唐四杰之一的王勃，可谓“时运不济，命途多舛”，然而直面挫折，他却能达观知命，笑看人生。试想，如果没有王勃开朗阔达的胸襟，哪能有“海内存知己，天涯若比邻”的千古绝唱？“东隅已逝，桑榆非晚”，“君子安贫，达人知命”，不正是他大笔一挥写下的肺腑之言吗？看，我看到了一位男子不羁的身影；听，我听到了天空中一句豪言壮语惊天动地：“源洁则流清，形端则影直”……

“安能摧眉折腰事权贵，使我不得开心颜”的浪漫诗仙李白，在遭遇仕途不顺的挫折后，他沉寂了吗？消沉了吗？“古来圣贤皆寂寞，惟有饮者留其名”，足以看出李白悲而不伤、悲而能壮的忧愤与自信。他腰佩长剑，手执玉杯，对着清风明月，吟诗舞剑。在中华五千年历史长河中，有谁比他更潇洒，更豪迈？他一挥衣袖写下的是“登高壮观天地间，大江茫茫去不还”的气象雄浑。他把酒临风，对月吟诗，以影做伴，又遍访名山大川。他的不屈，他的傲岸向我们展示了他是怎样拥抱挫折的。

霍金，这位轮椅上的勇士。可怕的病魔将他禁锢在轮椅上长达二十年之久，还剥夺了他说话的权利。但他的思想却出色地遨游在宇宙之中，解开了黑洞之谜。霍金正是因为敢于拥抱挫折，才成为当代最具权威的物理学家和天文学家。

打出生起，鹰的生命就充满了危险，为了让它们适应生活环境，成为强者，母鹰不得不把它们的翅膀折断，再推向悬崖。为了生存，它们不得不拼命地扑打翅膀，即便要忍受钻心的疼痛。在生命的中期，它们不得不再次做出选择，叩老喙——拔旧趾——去坏毛。它的这一系列生命更新充满了危险，极有可能使自己饿死或痛死，但它像凤凰涅槃一样获得了新生，正是因为它勇于向挫折挑战，才会拥有令世人仰慕的雄姿。

在寒风瑟瑟的秋季中，无数花草都忍受不了这刺骨的秋风和连绵的秋雨，垂下了脑袋。只有枫叶，仍伫立在风吹雨打中，倔强地孕育着力量，正是因为它拥抱挫折，才能绽放出火一般的生命。

……

的确，挫折是一把双刃剑，而我们，应该学会拥抱挫折，不因幸运而故步自封，不因厄运而一蹶不振。因为真正的强者，善于从顺境中发现陷阱，从逆境中找到光亮，人生便不再蹒跚。

引用了三位名人的事例以及雄鹰、枫叶等自然现象，议论风生，收放自如，条理清晰，观点明确，语言更是慷慨激昂，告诉我们应该直面挫折，才能走出一条平坦大道。文章以一个问句引出主题，举出论据，结尾点明中心，升华主题，精练简洁，发人深省。

——惠文评 

教书是读书人的末路吗？ /康馨月

“教书是读书人的末路”，有位老师说出这句话的时候表情之沉痛，神态之凄凉，令我这个尚未有机会尝试且今后也不打算尝试教师职业的学子也不禁为他抹了一把同情泪。他紧接着说：“这话不是我说的，是我家乡的一位老教师说的。”此话一出令我更加伤感，想不到这样凝练精辟、言近旨远的经典语录竟然不是这位老师一人的生活感悟，而是像他这样的不少老师的共同感受！是的，有类似感慨的从来不止这位老师一人。还记得之前的英语老师，他是那么年轻，可他看上去又是那么苍老——“那时我刚来学校，教了一个月之后晚上就睡不着觉，脑子里面全都是音标，整个人都快疯了！我后悔啊，我后悔高中时没有好好学习，跑回来教书……”——他说起自己的高中时代时总是很开心，然而只要提起回来当老师这件事，我就真正从他脸上看到一个多年前长期占据全班倒数前三的过来人的悔不当初。还有我那美丽的化学老师小薇姐姐，她是那么温柔那么善良，她不说做教师不好，她只是用她温暖和善的目光凝视着我们说：“你们以后可千万别当老师呀！”

纵观中国近代史，教师这个职业的地位起起伏伏。清末，教师还很受敬重，“一日为师，终生为父”、“天地君亲师”仍是不易之论；到了战乱频繁的民国中后期，教师生活困难，于是“教书是读书人的末路”、“家有三斗粮，不当孩子王”这类谚语便登上了历史大舞台。新中国成立后，在党和政府的关怀下教师们顺利翻身，有了许多著名的称号，比如“辛勤的园丁”——这也是我本人小学时代常造的比喻句之一，类似的还有“老师是蜡烛”、“老师是雨露”、“老师是春蚕”（事实上我很久之后才明白了春蚕是个什么东西），以及由此引申出来的“我们是花朵”“我们是嫩芽”等等。并且教书是“太阳底下最光辉的职业”——出自苏联教育家克鲁普斯卡娅，她的名言是“资产阶级力图把儿童培养成个人主义者，我们却努力把我国的儿童培养成集体主义者”。这一时期的教师报酬虽少，却兢兢业业，任劳任怨，如歌里唱的那样是“一阵阵暖流流过我心房”。然而之后反右派斗争开始，到“文化大革命”史无前例地搞了起来，教师作为知识分子被批为“臭老九”，沦为受迫害的对象；最后就是改革开放，受迫害的教师，得到平反昭雪，他们的地位得到恢复。

细细观来，中国教师的地位——或者实际一点，他们的待遇，都是很不稳定的。捧还是踩，完全取决于社会环境和统治者意志；即使捧了，那也不代表他们就能有相应的报酬。如今“教书是读书人的末路”再度被一些老师们提起，原因简单概括也就是对工作环境、工作强度和工作待遇的不满。我或许无法切身地体会他们的悲哀，却仍然能从他们那位于盥洗室（请允许我如此文雅地称呼它们）旁边的办公室多多少少理解到一点他们一言难尽的痛。

然而，我并不是想单纯表达我对教师们的同情——事实上他们的工资比我父母高。我想说的是，这种观念和意识上的偏差，或许又将培养出一批认为或者将会认为“教书是读书人的末路”的人来，然后让他们带着对自己命运的深深喟叹来培养下一代并且掏心掏肺地告诉他们不要当老师，接着让这样的下一代中那些学习不努力或者学习努力却混得不太好的人再来当教师，继续告诉下一代“你们可一定别像我一样啊”——这样的中国，能有所谓“伟大复兴”的那一天么?

我知道教师从来都没有规定说必须由全社会素质最高尤其是精神素养最高的人来担任，也知道那根本就不可能——即使是旧社会那些权威性比父母还高、可以动辄打孩子手板心的塾师，我也有充分理由怀疑他们中的某些人根本就是折磨人上瘾了的心理变态——但最基本的一点是，教师，起码应该是真正爱这个职业，也真正适合这个职业的。一方面我们的社会、我们的政府应该采取充分的措施让教师这一职业具有被人爱的价值——哪怕是爱它的社会地位和生活待遇也好；另一方面，教师也应该有更科学的挑选方式，至少不能是如我前语文老师那样的“被迫赶鸭子上架”式，或者前英语老师那样的“母校求罩”式来教育学生。

人们批判中国的教育基本都骂的是应试教育——封建社会千百年来狭隘教育模式的延续（这也反映出中国改革有多难，被侵略多少次落后多少次都仍旧是这个搞法），然而我们更应该看到的是在人的成长过程中，导师的影响要比政治课本大得多。教书人本应该是全社会最无私、最愿意奉献的人，然而如果教书始终是读书人的末路，那我们就不可能找到最优秀最乐于奉献的教书人，从而教不出最优秀最有奉献精神的学生，我们也将永远没有如同近代邓稼先和“三钱”那样兼具能力和报国热情的国家建设者！当教育部的领导们痛惜现在的学生混得好的都想出国的时候，应该先反省下自己，就如同兰德公司的评价那样，“中国的教育体系很大程度上已经成为一种失败和耻辱”——不只是体系的问题，更有引路人本身的问题。我们需要桃李，就不能种下一棵结不出果的树。

简言之，中国要振兴，那教书便必不能是读书人的末路，而应当是读书人的坦途！

作者从一位老师所说的一句话拓展开去，并由此对一种社会现象进行了深度地剖析，对教师这一职业从历史到现实做了具体的探讨，表达了自己的观点。可以看出，作者是一个用头脑生活的人。文字简洁有力，具有很强的批判性，引人深思。

——宛泽评

浅
草
QIAN CAO

图书在版编目（CIP）数据

浅草 / 唐有益主编. — 成都：四川文艺出版社，2014.10（2021.9重印）
ISBN 978-7-5411-3926-0

Ⅰ. ①浅… Ⅱ. ①唐… Ⅲ. ①散文集-中国-当代
Ⅳ. ①I267

中国版本图书馆CIP数据核字（2014）第205637号

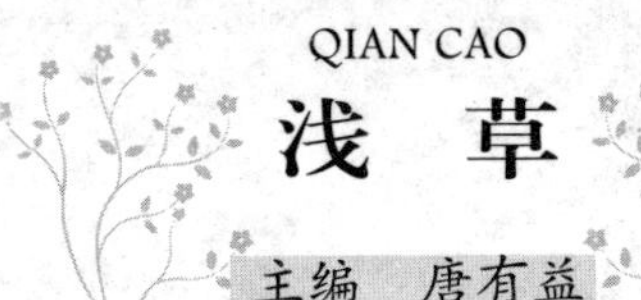

QIAN CAO

浅 草

主编 唐有益

责任编辑 李淑云
责任校对 文 诺 汪 平 韩 华
内文设计 张 妮
封面设计 任 熙

出版发行 四川文艺出版社
社 址 成都市槐树街2号
网 址 www.scwys.com
电 话 028-86259285（发行部） 028-86259303（编辑部）
传 真 028-86259306

读者服务 028-86259310
邮购地址 成都市槐树街2号四川文艺出版社邮购部 610031

印 刷 三河市嵩川印刷有限公司
成品尺寸 148mm×210mm 1/32
印 张 8.25
插 页 16码
字 数 200千
版 次 2014年10月第1版
印 次 2021年9月第2次印刷
书 号 ISBN 978-7-5411-3926-0
定 价 39.80元